오빠야
변소가자

오빠야 변소가자

펴낸날 | 2002년 4월 25일 초판 1쇄
        2002년 11월 10일 초판 2쇄
지은이 | 김인숙 글라라
그린이 | 김혜란
펴낸이 | 이태권
펴낸곳 | 소담출판사
        서울시 성북구 성북동 178-2 (우)136-020
        전화 | 745-8566 팩스 | 747-3238
        E-mail | sodam@dreamsodam.co.kr
        등록번호 | 제2-42호(1979년 11월 14일)
기   획 | 박지근 이장선
편   집 | 김효진 가정실 구경진 마현숙
디자인 | 김미란 이종훈 이성희
본부장 | 홍순형
영   업 | 박종천 박성건 이도림
관   리 | 유지윤 안찬숙 장명자

● 책 가격은 뒤표지에 있습니다.
www.dreamsodam.co.kr

오빠야 변소가자

김인숙 글라라 수녀 지음

소담출판사

차례

추억

희망

산길을 걸어 올라갑니다.
힘겹게 오르다 뒤를 돌아보면 거기
내가 걸어온 산길이 있습니다
돌아본 그 길은 힘겨운 산길이 아닌
부드럽고 잔잔합니다

눈물겹게 힘든 삶을 멈추고
뒤돌아보면 거기
내 살아온 길이 있습니다
돌아본 그 길은
이제 왠지
아련하고 따뜻합니다

살아온 나의 길엔 내가 만난 사람들.

사랑을 나눈 사람

기쁨을 나눈 사람

미움과 설움과

상처를 주고받은 사람들이

서 있습니다

내 삶의 길엔 그들 때문에

이야기가 있습니다

이 책은 순수한 나의 가족 이야기로서 내가 겪은 경험과 부모님의 인생, 그리고 4남 2녀의 얘기를 담은 것이다.

나는 몇 년 전 내가 택한 수도자의 삶을 정의하고자 「길」이라는 자전적 단편소설을 썼다. 쓰고 나니 아쉬움이 참 많았다. 내 마음에 간직된 추억과 사연들을 담을 수 없었기 때문이었다. 그 중에서도 내 삶에 가장 많은 영향을 준 나의 가족과 몸으로 마음으로 부대끼며 새겨진 고통, 기쁨, 갈등, 아픔들을 어디에든 쏟아 놓고 싶었다. 그것들을 떠올리고 추스르면서 지나온 일들이 내 삶에 어떤 모습으로 남았는가, 스스로 인정하고 지금의 나를 더욱 사랑하면서 남은 시간을 살고 싶었다. 그런 동기로 시작된 글들이 한 권의 책으로 엮어질 만큼의 부피가 되었다.

글을 쓰면서 나는 가족에 대한 고마움, 그리고 그들과의 사연들이 더욱 그리운 추억이 되어 가슴에 새겨졌다.

나는 글 사이사이에 하느님을 들먹거리지 않으려 애를 썼다. 왜냐하면 그 분의 손길이 닿지 않는 인생의 사건은 어느 한 곳도 없었기에.

　이 책을 가장 먼저 올해 칠십팔 세가 되시는 어머니께 드린다. 그만 둘까, 몇 번을 망설이다가도 계속 쓸 수 있었던 것은 어머니께 선물하고픈 열망이 내 안에 가득했기에 가능했다. 그리고 저 세상에 계신 아버지와 둘째 오빠에게 부친다.

　이 책이 나오기까지 수고해 주신 소담출판사를 비롯한 모든 분들과 수도회에 감사와 기도를 바친다. 그리고 지면을 통해서나마 우리 집안의 화목을 위해 늘 마음을 쓰는 큰올케에게 진심으로 고마움을 전하고 싶다.

2002년 산길을 걸으며
김인숙 글라라 수녀

추억···
어른의 마음을 어린애처럼 순수하게 만든다.

한낮도 으슥한

외갓집 측간

시뻘건 손 나올까

새하얀 손 나올까

떨리는 마음으로

낑낑 앓는데

우헤헤

올려다보는

꼽똥 한사발

······ 야! 뭘 보니?   「웃기는 일」 조기호

둘째 오빠

"엄마, 나 변소 갈래."

바느질을 하시던 어머니는 오빠를 쳐다보며 눈짓으로 어서 따

라가라고 했다. 윙윙 바람이 부는 겨울밤, 들고 있는 촛불이 금방 꺼질 것 같아 한 손으로 막으며 변소 앞에 오빠는 서 있었다.

"야, 언제 나올 거야?"

나는 대답하지 않았다. 그럼 또 오빠는 재촉했다.

"아직 멀었냐구!"

변소 안에 있던 나는 화가 났다.

"그만 좀 물어봐! 아직 멀었어!"

말은 이렇게 했지만 마음이 조급했다. 그래서 더욱 일을 볼수가 없었다. 참다 못한 오빠는 드디어 성질을 부렸다.

"야, 넌 꼭 밤에만 변소 가자고 하냐?"

그러면 나도 덩달아 신경질을 냈다.

"자꾸 그러니까 더 안 나오잖아! 방에 가서 엄마한테 다 일러줄 거야."

오빠는 주춤하다 이렇게 핑계를 댔다.

"불이 꺼지려고 하니까 그러지, 내가 괜히 그러냐?"

나는 오빠의 재촉에 빨리 나오고 말았다. 그래서 몇 분도 채지나지 않아 다시 말을 꺼냈다.

"엄마, 나 또 가고 싶어."

오빠는 벌써 눈치를 채고 방 저쪽 구석에서 이불을 머리끝까지 뒤집어쓰고 잠든 척했다.

14

둘째 오빠는 내 어릴 적 변소 길을 지켜주던 보디가드였다.

우리 오빠! 지금은 하늘나라로 떠났다. 이젠 내가 변소 가자
고 조르지도 않을 텐데…….

빨간 장미꽃 필통

큰오빠와 나이 터울이 두 살밖에 되지
않았던 언니는 땅꼬마 적에 오빠가 가는 곳마다 따라 다녔다.
어느 땐 하도 귀찮아 따돌려도 어느 틈에 따라잡아 슬금슬금 오
빠 꽁무니를 쫓아왔다.

오빠가 친구 집에 놀러가도 으레 따라갔던 언니는, 그래서 그
런지 오빠 친구들의 이름을 거의 알고 있다.

30여 년 만에 만난 오빠 친구, 커다란 키에 노래도 잘 부르고
선하게 생긴 현덕 오빠는 이런 뒤늦은 고백을 했다.

"동생은 잘 있냐? 야, 우리 어릴 때 숙경이가 너랑 우리 집에
놀러 오면 그 애 손톱을 가위로 잘라주곤 했는데."

한 번은 언니 손톱을 너무 깊게 잘라버려 우리 어머니에게 불
려가 혼이 났었단다. 얼마나 아팠을까 지금도 생각난다고.

언니 나이 그 때 여섯 살, 현덕 오빠는 여덟 살이었다. 현덕 오
빠네 집에선 언제나 '나아암쪽 나라 시이입자성에 어머니이 어
얼구울……' 어쩌고저쩌고 하는 노랫소리가 축음기에서 흘러
나왔다고 언니는 말한다.

큰오빠 친구들은 오빠보다 훨씬 키도 크고 덩치도 좋았다. 하
지만 오빠는 친구들을 때리면 때렸지 절대 맞고 들어오지 않았

다. 왜냐하면 얼른 한 대 쥐어박고선 잽싸게 도망을 쳤으니까.

어머니는 꼬마 적 오빠의 모습을 이렇게 설명한다.

"딸랑딸랑 째깐해가지고, 이쁘기가 깎아 놓은 밤톨은 저리 가라였어…… 또 오살나게 부잡스럽기도 했지야."

언니가 나에게 들려준 '빨간 장미꽃 필통 사건' 은 마음이 찡하도록 아팠지만 웃지 않을 수 없었다.

초등학교 다니던 시절, 언니는 빨간 장미꽃이 뚜껑 위에 그려진 하얀 플라스틱 필통이 너무 갖고 싶었다. 그 때는 새로운 합성수지 플라스틱이 문구류에서도 선풍을 일으키고 있었다.

언니는 아버지가 심부름 시킬 때마다 조금씩 준 용돈을 꼬깃꼬깃 모아 드디어 발걸음도 가볍게 문방구를 찾아가 빨간 장미꽃 필통을 샀다. 그런데 그 필통을 개구쟁이 큰오빠에게 자랑한 게 실수였다.

"야, 그 필통 이리 줘 봐."

오빠는 언니 손에서 필통을 뺏더니만 두 손으로 오른쪽, 왼쪽으로 마구 비틀었다.

"왜 그래 오빠, 그러다 깨지면 어떻게 해. 난 몰라 이리 줘."

울상이 되어 발을 동동 구르는 언니를 오빠는 가소롭다는 듯 쳐다보며 말했다.

"야, 너 정말 몰라도 한참 모르는구나. 이 필통은 아무리 함부로 다뤄도 안 깨지는 거야. 발로 콱 밟아도 절대 깨지지 않아. 자, 볼래?"

말릴 틈도 없이 오빠는 장미꽃 필통을 방바닥에 놓고선 한 발을 들어올리더니만 필통을 향해 내리 눌렀다. 그러나 정녕코 깨지지 않아야 할 장미꽃 필통은 오빠 발 아래에서 박살 나버렸다.

"난 몰라. 난 몰라. 오빠가 물어내. 내 필통 물어내."

언니는 서럽게 울고불고 난리를 피웠다. 그 슬픔은 며칠이 지나도 쉽게 가시지 않았다.

오십이 넘은 언니는 오빠 때문에 한 번도 사용해 보지 못한 빨간 장미꽃 필통에 관한 슬픈 사연을 나에게 얘기해 주며 아쉬운 눈빛으로 한마디 덧붙였다.

"난 지금까지 그렇게 이쁜 필통은 못 봤어."

지난 봄, 언니는 유난히 몸살을 앓았다. 창밖에 보이는 앙상한 겨울 나뭇가지에서 새록새록 돋아나는 새순들을 바라보노라니 '저렇게 죽은 것 같은 나무에서도 싹이 나오는데 우리 인생은 이게 뭘까' 하는 허무한 생각에 하염없이 눈물이 나왔다고 했다. 언니는 큰오빠를 찾아가 그 앞에서 한참을 울고 왔다.

오빠 나이 쉰 일곱, 언니 나이 쉰 다섯의 어느 날.

아스라히 머ㅡ언

어느 여름밤 하늘 무대에

별님네 식구들이 총 출연한 날.

개천 다리에서

깨복쟁이 친구들과

별똥이 떨어지길 기다려

외쳐 대던

작은 가슴의 큰 소원들.

"엄마 아부지 오래 살게 해 주세요."

"우리집 부자 되게 해 주세요."

"공부 잘하게 해 주세요."

나도 입 크게 벌리고 쬐끔하게

"우리 방 따뜻하게 해 주세요."

흙먼지 향기 묻은 손

나팔 만들어

별똥 떨어질 때

하늘 가까이 올렸던

깨복쟁이 친구들 소원의 소리.

너네 방은 따뜻하니?

어릴 적, 우리 집 방은 외풍이 세고 추웠다. 그래서 나는 친구들에게 묻곤 했다.

"너네 방은 따뜻하니?"

친구가 그렇다고 고개를 끄덕이면 나는 그 애를 무척 부러운 눈빛으로 쳐다보았다. 초등학교 4학년 때까지 나는 겨울이면 나일론 잠바 안에 솜저고리를 입고 다녔다. 유난히 추위를 타는 손녀를 위해 외할머니가 만들어 입혀준 것이었다. 흰 무명천 바탕에 조그마한 배추 무늬가 새겨진 폭신폭신한 솜저고리는 내 몸을 따스하게 해주었다. 하지만 눈보라가 치는 날은 솜저고리도 소용없었다. 매운 겨울바람에 휘날리는 눈을 정면으로 맞으며 집으로 돌아올 때면 나는 엉엉 울었다. 집이 가까워지면 더욱 서러워져, 방문을 열고 엄마를 보면 내 울음소리는 더 커졌다. 엄마는 빨갛게 언 볼 위로 두 줄기 눈물을 흘리며 들어오는 나를 보시고 '오메오메 어떻게 왔냐' 놀래시며 얼른 아랫목으로 데리고 가 온몸을 이불로 감싸주었다.

"시상에, 얼매나 추웠스끄나……."

우리 집은 아랫목만 따뜻했다.

오누이들의

정다운 이야기에

어느 집 질화로엔

밤알이 토실토실 익겠다.

콩기름 불

실고추처럼 가늘게 피어나는 밤

파묻은 불씨를 헤쳐

잎담배를 피우며

"고놈 …… 눈동자가 초롱같애"

내 머리를 쓰다듬어 주시던 할매

바깥은 연신 눈이 내리고

오늘밤처럼 눈이 내리고

다만 이제 나 홀로

눈을 밟으며 간다.

오오바 자락에

구수한 할매의 옛이야기를 싸고

어린시절의 그 눈을 밟으며 간다

오누이들의

정다운 이야기에

어느 집 질화로엔

밤알이 토실토실 익겠다.   「눈오는 밤에」, 김용호

눈 오는 밤에

셋째 오빠와 나는 겨울밤이면 솜이불 속에서 어머니를 가운데 두고 양편에 누워 옛날 이야기를 들었다. 그 때 어머니가 들려주시던 이야기의 대부분은 효자, 효녀에 대한 내용이었다. 나는 오른손을 뻗어 말랑말랑한 어머니 젖을 만지작거리며 전설 같은 옛 이야기를 들었다.

"옛날 아주 깊은 산 속에, 어떤 엄마가 아들과 함께 살았다. 근데 갑자기 엄마가 병에 걸려 눕게 되었어. 아들은 엄마를 낫게 하기 위해 안 해본 것이 없었어. 그러던 어느 겨울날, 엄마는 아들을 부르더니만 하는 말이 '애야, 시원한 수박이 먹고 싶구나. 그걸 먹으면 나을 것 같다.' 하시질 않겠어? 아들은 즉시 '네, 어머니! 제가 꼭 구해 올게요.' 하면서 수박을 구하러 어디

론가 떠났어. 그러나 그게 어디 쉬운 일이냐? 그래도 아들은 정처없이 떠난 거야. 얼매나 효자냐? 산꼴산꼴 어디만큼을 가니까 웬 호랑이 한 마리가 떡, 앞을 가로막더니만 등을 돌려 어서 타라는 거야. 아들은 이상하게 무서운 생각이 눈곱만큼도 안 들고 해서 그냥 호랑이가 하라는 대로 등에 올라타고 한없이 따라갔어. 한참을 가던 호랑이는 아주 으리으리한 기와집 앞에 아들을 내려놓고 눈 깜박할 사이에 없어졌단다. 아들이 그 기와집 안으로 들어가 보았더니 글쎄 거기에는 하얀 소복을 입은 여자가 살고 있었어. 그 여자는 아들을 보자마자 뒤뜰로 데리고 가 우물 속을 보여주며 '당신이 찾고 있는 것이 수박이죠?' 하더니 어서 어머니께 갖다 드리라는 거야. 얼매나 고마운 일이냐. 뛸 듯이 기쁜 아들은 그렇게 해서 수박을 구해 엄마를 멕여드렸지. 그랬더니 엄마는 금세 병이 나아 아들과 함께 오래오래 살았단다. 재밌냐?"

"응, 엄마."

이어서 어머니는 혼잣말처럼 중얼거리셨다.

"말이 그렇지. 얼어 죽을 한겨울에 무슨 수박이 있었것냐? 다 부모에게 잘하는 아들을 보고 하늘이 탄복한 것이제."

어머니는 이불귀를 꼭꼭 여며주며 오빠와 나에게 물으셨다.

"느그들도 커서 부모한테 잘 할 거냐?"

"응, 난 커서 장가가면 엄마를 꽃가마에 태우고 다닐 거야."

오빠가 이렇게 장담을 할 때면 나도 질세라 한마디했다.

"엄마, 나도 꽃가마 태워줄게."

그러면 오빠는 펄쩍뛰면서 나한테 소리쳤다.

"넌 딴 거 해. 왜 나만 따라 하려고 그래?"

"오빠가 딴 거 하면 되잖아."

"넌 다른 거 고르라니까? 콱."

이렇게 시끌시끌하면 어머니는 이불 속에서 일어나 우리를 말리셨다.

"오메, 또 시작이네 또 시작이여…… 나, 꽃가마고 지랄이고 안 탈랑께, 싸움이나 하지 말어."

어머니가 이렇게 말씀하시고 돌아누우면 나는 더 바싹 달라 붙어 어머니 겨드랑이에 손을 넣고 조심스럽게 젖을 더듬었다.

창호지 문 밖에는 눈이 내리고, 어디선가 아련히 아이 소리가 들려왔다.

"찹살떡이나 우유요—우유나 쌍화탕—"

꽃가마를 태워드린다던 셋째 오빠는 가마는커녕, 긴 세월 동 안 손이 덜덜 떨릴 정도로 술을 많이 마셔 어머니 애간장을 태 웠다. 그러나 어머니는 "그놈, 죽일 놈, 살릴 놈"하고 욕을 하다가도 끝머리에선 오빠를 감싸신다.

"그래도 우리 식구 중에 제일 자상한 놈은 석환이다. 시상에, 즈그집 옥상에서 키웠다고 고추 갖다주재, 오이 따오재, 술만 안 묵으믄, 그런 효자는 없지야."

술 때문에 엉덩이뼈 이식수술까지 받은 오빠가 이제는 정신 좀 차리면 얼마나 좋을까. 그게 어머니께는 꽃가마보다 더 좋은 선물이건만.

만화책

아침 기도 한 시간 전이다. 성당을 가려고 복도를 걷다 오른쪽 큰 유리문 앞에서 걸음을 멈춘다. 미닫이문을 여니 아기 손바닥마냥 간지럽고 부드러운 빗방울이 얼굴을 만진다. 나는 문턱에 우두커니 걸터앉는다.

봉숭아, 해바라기, 호박꽃들이 바람결에 나불거리고 있다. 그들도 나처럼 비가 싫지 않은가 보다.

하늘엔 유유히 흰 구름이 가고 있다.

아, 이런 한가로움을 만나다니……. 나는 문턱에 앉아 바람과 빗방울을 맞으며 감쪽같이 나 홀로 행복한 새벽을 즐긴다.

복숭아, 해바라기, 호박꽃들아, 모두 안녕?

오늘처럼 비가 부슬부슬 내리는 날이면 나는 만화책에 흠뻑 빠졌었다. 따뜻한 방에 누워 만화책을 보는 맛이란 얼마나 꿀맛이었던가.

나는 만화가 엄희자, 이근철, 손철의 팬이었다. 순정만화의 엄희자는 나의 감성에 순수한 자극을 주었으며 이슬 맺힌 눈동자의 여주인공은 나에겐 선망의 스타였다.

턱이 각진 로마 장군을 잘 그린 이근철 만화의 내용은 주로 전쟁이야기였는데 그가 가장 잘 쓰는 말은 '이크' 라는 단어였다.

나는 한 권의 만화책에 그 단어가 몇 번 나오는가 세어 보는 게 또 하나의 재미였다.

손철은 첩보 만화를 멋지게 그렸다. 까만 선글라스를 쓴 보스가 자기 부하들을 데리고 정의로운 행동을 하는 장면은 정말 시원하고 통쾌했다.

「내 손녀! 젖 좀 주오」라는 으스스한 내용의 만화도 읽었다. 남편이 자기 아내를 못살게 굴어 결국 아내가 죽고 마는데 외할머니마저 손녀를 키우다가 비오는 날 돌아가신다. 그 후부터 동네에는 비만 내리면 '내 손녀, 젖 좀 주오' 라는 할머니의 구슬픈 목소리가 울려 퍼졌다. 어쩌나 무서웠던지 나는 오줌이 마려워도 변소를 가지 못했다.

만화책을 읽다 가장 아쉬울 때는 후편이 아직 나오지 않아 전편만 읽어야 할 때였다. 나는 날마다 만화방을 지나치면서 후편이 나왔나 안 나왔나 유리문을 힐끔거렸다. 신간이 나오면 만화방 주인은 검정 고무줄로 입구 유리문에 걸쳐 놓았다.

바람에, 봉숭아꽃이 얼레꼴레,

해바라기 고개가 홀랑홀랑.

내 소꿉놀이 제삿상에 촛불 대용으로 쓰였던 호박꽃은

몸을 오므리고 호박잎에 숨어 술래 바람을 약올린다.

'얼레꼴레지……'

아, 행복한 시간이여.

그때 그 음식

　사람에게는 자기가 살아온 시절의 향수
가 깃든 음식이 있다. 그것들은 생각만으로
도 어른의 마음을 어린애처럼 순수하게 만든다.

　학교길 모퉁이에 할아버지가 사과궤짝을 앞에 놓고 연탄 화
덕에서 만들어 내던 달고나 과자. 설탕 한 숟가락을 국자에 넣
어서 녹인 다음, 약간의 소다로 부풀게 하여 사과궤짝에 얹힌
철판에 쏟는다. 그 다음에 손잡이가 달린 동그란 철판으로 설탕
덩어리를 납작하게 하여 얼른 버선이나 나비, 새 모양 틀로 꾹
눌러 주었다. 그러면 우리는 침을 발라가며 과자에 찍힌 모양을
그대로 떼기 시작했는데 만약 성공하면 할아버지는 달고나 과
자를 하나 더 주었다. 나는 버선 모양이 가장 잘 떼어질 것 같아
번번이 시도했지만 마지막 버선코 끄트머리에서 꼭 실패했다.

　동네 구멍가게에는 여름이면 삼각형 비닐봉지에 든 설탕물
주스를 팔았다. 주황, 빨강, 초록색 등의 향료가 섞인 물이었다.
뾰족한 봉지 모서리를 옷핀으로 찔러 주스가 가느다란 실처럼
뿜어 나오게 하여 먹었는데, 주스물이 입천장을 간질간질하게

해주는 쾌감을 덤으로 즐길 수 있었다.

뻥튀기도 좋아했던 동심의 과자 중 하나다. 동그란 팬에 쌀을 한 숟가락씩 올려놓고 손잡이가 달린 뚜껑을 덮어 잠깐 힘주어 눌렀다가 탁, 놓으면 동그랗게 부푼 따스한 뻥튀기 쌀 과자가 톡 튀어나왔다. 나는 지금도 가게에서 뻥튀기 과자를 발견하면 그 시절이 그리워 그냥 지나치기가 어렵다.

나의 최고의 외식은 자장면. 중학교 입학 시험날, 언니가 교문 밖에서 나를 기다렸다가 시험이 끝나자마자 중국집에 데려가 사주던 그 고소한 자장면 맛이란…….
만취해 들어오신 아버지가 우리에게 한턱 내신다며 오밤중에 배달시키려다 어머니의 '밥 실컷 먹고 자는 애들에게 무슨 자장면'이냐는 핀잔에 부부싸움의 원인이 되기도 했던 자장면. 길을 가다 '옛날 자장면'이라는 간판만 봐도 나는 기분이 좋다.

아버지가 즐겨 드셨던 송어젓. 어머니는 고춧가루에 마늘, 파, 풋고추를 송송 썰어 넣고 식초와 약간의 조미료를 넣어 무치셨다. 나는 아버지 옆에서 젓가락으로 휘적거리며 조금씩 떼어 먹었는데 그 송어젓이 그리 고소한 맛으로 내게 남아 있을 줄 진정 몰랐다.

어머니가 만들어 준 식혜는 약간 거무스름한 단물 위로 잘 삭힌 밥알이 푸짐하게 떠올랐다. 어머니는 식혜를 만들 때마다 쌀밥을 꼬들꼬들하게 지어 따뜻한 아랫목에 이불을 뒤집어 씌워 밥을 삭히셨다.

"저리 가, 여기 오면 큰일난다잉?"

어머니의 겁주는 말에 나는 긴장이 되어 가까이 가기만 해도 무슨 큰일이 날 줄 알았다. 그래서 식혜는 내가 아무리 커도 못 만드는 음식, 세상에서 엄마들만 만드는 음식이라 믿었다.

우리 집 최고의 간식, 밀가루 튀김 과자. 밀가루를 소금 약간에 당원을 넣고 반죽한 다음 사이다 병으로 납작하게 민 후, 어머니는 마름모꼴 모양으로 썰어 기름에 튀겼다. 어머니께 그 때 만들어 준 밀가루 과자가 먹고 싶다고 하면 "그것이 뭐가 맛있다고 만들것냐. 가게 가면 좋은 과자들 쌔고 쌨는디……. 그 때는 자식들 줄 것이 없어서 그거라도 메기려고 만들었지." 하신다. 와삭와삭 밀가루 과자 맛 속에 어머니의 애달프던 심정이 담겨 있었다는 걸 몰랐다.

생일날에도 해달라며 졸랐던 팥죽. 팥을 푸욱 익힌 다음 쌀 이는 조리에 받쳐 껍질을 걸러낸 팥물에 밀가루를 약간 되게 반죽하여 오른손 엄지와 집게손가락으로 밀가루 반죽을 펼쳐서 떼어넣는다. 그리곤 한 번 펄펄 끓인 후, 거기에 노란 설탕을 넣어 먹었던 팥죽. 나는 하루 세 끼 언제라도 맛있게 먹을 수 있다.

여름에 먹던 수박. 숟가락으로 속을 파서 큰 그릇에 담고, 덩어리 얼음을 바늘과 망치를 이용하여 작은 조각을 내어 수박에 섞은 다음, 식구 숫자대로 스테인리스 그릇에 담아 수저로 떠먹었다. 만약 수박이 달지 않으면 어머니는 귀한 설탕을 조금 쳐주었다.

겨울이면 어머니가 밥상에서 배급 주듯 한 장씩 나눠주던 김. 나는 배급받은 김을 최대한 작게 조각을 내었다. 간장 위에 뜬 참기름을 조심스럽게 숟가락으로 떠, 김밥 위에 살짝 올려 입속에 넣고선 젓가락에 꽂아 있는 무김치를 한입 잘라 먹곤 했다. 밥은 남았는데 한장 한장 줄어드는 김조각이 아쉽기만 했던 그 시절.

시어진 배추김치를 송송송 썰어 참기름 한 방울에 비벼 먹던 국수 맛도 잊지 못할 음식이다.

어머니께 이런 얘기를 해드리면 어려웠던 지난 날들이 생각
난다며 혀를 끌끌 차신다.

"그 때는 참 누구네 집 부엌 구석에 연탄이 가득 쟁여 있는 것
만 봐도 부러웠다. 난 언제 저렇게 살아보려나 했어. 느그 아버
지는 어째 그렇게 고생을 만들어서 하는지…… 먹을 것 걱정 안
해도 되는 지금이 시상 마음 편하다."

에헤야디야 바람 분다 연을 날려보자

에헤야디야 잘도 난다 저 하늘 높이 난다

무지개 옷을 입고 저 하늘에 꼬리를 흔들며

모두 다 어울려서 친구 된다 두둥실 춤을 춘다

에헤야디야 바람 분다 연을 날려보자

에헤야디야 잘도 난다 우리의 꿈을 싣고   「연날리기」, 권연순

연날리기

셋째 오빠는 공부엔 별 취미가 없었다. 그래서 부모님은 행여
나 오빠가 중학교 입학시험에 떨어질까봐 은근히 걱정이었다.

시험 발표 날, 아버지는 작은 트랜지스터 라디오를 귀에 바짝
대시고 하루 종일 조마조마해 하시며 오빠의 합격소식만 나오
길 기다렸다.

드디어 아나운서가 오빠의 수험번호를 부르는 순간, 아버지
는 허벅지를 탁 치시며 큰소리를 지르셨다.

"아이쿠! 우리 호박이 굴렀다."

'호박'은 오빠의 별명이었다. 우리 집에서 중학교 입학시험
에 합격했다고 아버지가 그렇게 기뻐한 적은 셋째 오빠 때뿐이

었다.

셋째 오빠와 놀던 기억이 그다지 많진 않지만 연날리기할 때와 새총으로 새 잡으러 갈 때 옆에 붙어 다녔던 적은 있었다.

한 번은 오빠가 새를 잡겠다고 힘껏 잡아당겼다 놓은 새총 고무줄이 바로 옆에 있던 내 눈으로 되튕겨왔다. 그 바람에 눈앞에 별이 보이고 눈알이 빠질 것처럼 아팠던 적이 있었다. 하느님이 보우하사, 그 때 그만하길 천만 다행이지 보통 큰일날 뻔한 사건이 아니었다.

연날리기할 때, 오빠가 연을 날리려면 맨 먼저 얼레의 실을 길게 늘어뜨리고 멀리서 한 사람이 잡아 올려 주어야 했는데 그 역할을 가끔 내가 해주었다. 바람을 등진 오빠는 얼레에서 연줄을 풀었고 나는 힘껏 높이 뛰어 연을 올렸다. 그러면 연은 뱅글뱅글 작은 원을 그리다 하늘을 향해 달음박질을 하듯 솟아올랐고 오빠는 연줄을 잡고 달렸다.

오빠는 나무 위에 올라가 연날리기에 열중하며 내려올 줄을 몰랐다. 하늘에는 여러 모양의 연들이 날고 있었지만, 내 눈에는 우리 오빠 것만 보였다.

바람을 따라 점점 높이 올라가던 오빠의 연이 다른 연과 서로 엉키게 되면 오빠는 얼레 실을 풀었다 조였다 하며 간신히 풀기도 했지만 어느 땐 연줄이 끊어져버리기도 했다. 그러면 연은

낙지처럼 흐느적거리며 땅으로 곤두박질쳤다. 오빠와 나는 어디로 떨어질지 모르는 연을 그냥 멍하니 쳐다보고만 있었다. 그런 밤이면 아버지는 오빠의 얼레 실에 달걀 노른자를 열심히 으깨어 입혀 주었다.

나는 한 번쯤 밤낚시를 가보고 싶다. 내 곁에 오빠나, 아니면 서로 이야기를 주고받지 않아도 부담 없는 사람과 낚싯줄을 던져 놓고 조용히 앉아 있고 싶다. 턱을 괴고 달빛에 흔들리는 물결을 쳐다보기도 하고, 어둠에 깊어지는 주변의 사물들을 바라보며 더 깊은 밤이 되길 기다리고 싶다.

오빠가 나무 위에 앉아 얼레 실을 풀었다 당겼다 하며 혼자 생각에 잠겼던 것처럼, 하루쯤 낚싯줄을 던져 놓고 무심한 시간을 보내고 싶다.

뜸북뜸북 뜸북새 논에서 울고
뻐꾹뻐꾹 뻐꾹새 숲에서 울제
우리 오빠 말타고 서울 가시면
비단 구두 사가지고 오신다더니

기러기러 기러기 북에서 오고
귀뚤귀뚤 귀뚜라미 슬피 울건만
서울 가신 오빠는 소식도 없고
나뭇잎만 우수수 떨어집니다   「오빠 생각」 최순애

별명

나에겐 별명이 세 가지가 있었다. '생똥' 이라는 별명은 다섯
살 즈음 생긴 것으로 시장에 가는 엄마를 죽자 사자 따라잡다가
끝내는 열에 받쳐 그만 옷에 똥을 쌌다고 붙여진 별명이나 정작
본인인 나는 똥을 싼 기억이 없기에 가끔 식구들이 '생똥' 이라
부르며 웃어도 나는 별 느낌이 없었다.
또 이마가 넓고 까졌다 하여 '마빡' 이라고도 불렀다. 그 때문
에 나는 내 이마가 부끄러워 아가씨 적에도 이마를 가리는 머리

스타일만 하고 다녔다. 하지만 사람들은 머릿결이 바람에 날리는 순간 노출되는 내 이마를 보고선, 그 시원스런 이마를 왜 가리냐며 말렸다. 많은 이들이 설득해도 난 믿지 않았다. '마빡'이라는 부정적인 의미의 고정관념이 하루 아침에 긍정적으로 변화되기는 쉽지 않았다. 괜히 미운 이마를 좋게 말해주는 것만 같았다. 수녀가 된 뒤에야 그게 진심이었다는 걸 인정했다. 두건 밖으로 훤히 보이는 나의 이마에 대해 부정적인 말을 한 사람은 없었으니까. '마빡'이라는 별명이 안겨준 열등감은 자연스레 사라졌다.

마지막 한 가지는 '싸납쟁이'다. 지금은 우리 가족 안에서 나의 애칭처럼 불리고 있는 별명이지만 이전에는 들을 때마다 기분이 좋지 않았다.

특히 둘째 오빠는 내 별명을 즐겨 사용했다. 그 이유는 내가 자기에게 '오빠'라는 칭호를 붙여 주지 않았기 때문에 내가 미워서였다. 사실 나는 오빠라는 단어가 도무지 부끄러워 입에서 나오질 않았다. 셋째 오빠는 '형'이라 부르고, 큰오빠와 언니는 '철환아' 하고 이름을 부르는 둘째 오빠를 왜 나만 오빠라고 불러야 되는지 이해가 되지 않았다. 그래서 난 '에라 모르겠다. 여자인 언니가 이름을 부르니까 나도 따라 하자'며 오빠의 이름을 부르기 시작했다. 둘째 오빠는 여동생인 내가 자기를 무시한다고 화를 냈다. 그럴 적마다 나는 깔끔쟁이였던 둘째 오빠를 속으로 '기생오라비'라는 별명을 지어 부르며 눈을 흘겼다.

처음에는 부끄러워 부르지 못했던 '오빠'라는 호칭을 나중에는 오기가 나서 부르기 싫었다. 그래서 나는 둘째 오빠에게 말을 걸어야만 할 때, 앞에 호칭은 생략하고 내용만 말했다.

둘째 오빠는 친구들을 집에 데리고 올 적마다 나를 협박했다.

"야, 오늘 내 친구들 오니까, 내 이름 부르려면 방에서 나오지도 마."

"알았어, 누가 나올 줄 알고? 치."

나도 질세라 문을 쾅 닫고 방으로 들어가 책상머리에 앉아 공부하는 척했다. 그런데 늘 오빠 친구들은 그냥 가질 않았다. 나에게 다가와 귀엽다고 머리를 쓰다듬질 않나, 볼을 꼬집으며 이말 저말 물어보곤 했는데 난 그게 고문이었다.

나는 둘째 오빠에게 야단맞기 싫어 하고픈 말도, 물어보고 싶은 것도 그냥 넘겨 버렸다. 나의 성격은 더욱 내성적인 소녀로 변해갔으며 까까머리 고등학생이었던 둘째 오빠는 내 마음에서 점점 멀어져 갔다.

꼭 그런 건 아니겠지만, 그게 전부는 아니겠지만, 지금 인사하기 싫어한다거나, 업무로서가 아니면 사람 만나기를 즐겨하지 않는 점은 아마 그 때 둘째 오빠와의 갈등에서 빚어진 부스

럼의 한 부분일 수도 있을 것이다.

어머니 말씀에 의하면 둘째 오빠는 자기도 어리면서 갓난아이였던 나를 이쁘다며 자주 업어 주었다고 한다. 그런 여동생이 커서는 자기 이름을 함부로 부르고, 고분고분 따라 주지도 않으니 그만큼 실망도 컸으리라.

훗날 천국에서 오빠를 만나면 다 고백해야겠다. 사실 나도 그때 마음 고생을 보통 한 게 아니라고.

또 오빠라고 실컷 불러줘야지.

그리고 내가 지은 오빠 별명을 알고 있느냐 물어봐야겠다. 아직까지 모른다고 하면 살짝 말해줘야지. 오빠 별명은 '기생오라비' 라고.

우리 아빠는요?

안경을 쓰셨어요.

우리 아빠는요?

안경점을 해요.

그래서 우리 아빠는요?

안경 부자예요 「안경」 유치원 어린이

안경

부모님 결혼사진을 보니 아버지가 웬 안경을 쓰셨다. 돌아가
실 때까지 안경을 쓰지 않으셨던 분이, 소설가 이광수나 김구
선생님의 사진에서 볼 수 있는 까만 테두리의 동그란 안경을 쓰
고 계셨다.

"어머, 우습다. 아버지가 안경을 다 쓰시고?"

"글쎄 나도 모르것다. 뭔 안경인지……."

어머니는 사진을 보지도 않으시며 시큰둥해 하신다.

헐렁한 바지에 포마드 기름으로 머릿결을 홀떡 넘긴 헤어스
타일, 거기에 안경을 쓴 젊은 날의 아버지 모습은 지적인 멋이
스며 있었다. 아마 이런 효과 때문에 당시 결혼식 때 남자가 안

경을 쓰는 게 유행이 아니었나 짐작해 본다.

나뭇잎만 굴러가도 까르르 웃던 소녀 적에 나는 안경을 쓴 친구가 부러웠다. 그 친구들을 보면 뭔가 있어 보이고 지적인 것 같았다. 책을 읽거나 대화를 할 때, 엄지손가락 끝으로 안경테를 살짝 올리는 모습은 나에게는 없는 멋스러움이 있었다. 나는 무척 안경을 쓰고 싶어했으나 시력이 좋은 탓에 이루어지지 않았다. 그런 나의 희망사항을 잠깐이나마 이룰 수 있던 기회는 학교에서 단체 영화관람을 할 때였다. 컴컴한 영화관 안에 들어가면 나는 친구의 안경을 뺏다시피 했다.

"얘, 안경 좀 벗어봐, 나 좀 써 보게."

"안 돼, 도수가 높아서…… 얼마나 어지러운데."

"괜찮아 조금만 써 보고 줄게."

마지못해 친구가 안경을 벗어 주면 나는 영화가 상영되기 전까지 안경을 쓰고 두리번거렸다. 눈에선 알 수 없는 눈물이 났지만 나의 지적 허영심을 누리는 절호의 기회였다.

지금도 나의 시력은 썩 괜찮다. 그래서 안경은 나에게 아직도 '가까이 하기엔 너무 먼 당신'으로 존재하고 있다. 얼마나 다행스런 일인지……. 세월이 흐른 뒤에 뒤돌아보면 이루어지지 않은 소원에 대해서도 감사할 것이 있다.

별을 보았다.

깊은 밤
혼자
바라보는 별 하나

저 별은
하늘 아이들이
사는 집의
쬐그만
초인종.

문득
가만히
누르고 싶었다.　「별 하나」 이준관

울커, 보고픈 얼굴들

'수녀님! 마음 다해 기도합니다. 죽음이란, 그 어떤 표현으로

바꾸어 말한다 해도 처참한 슬픔이란 걸 저는 압니다…….'

부친을 떠나보낸 동창 수녀님께 나는 이렇게 시작된 위로의
편지를 썼다.

내가 이 세상에 태어나 처음 당했던 피붙이의 죽음은 둘째 오
빠다. 스물여덟 살 청춘의 꽃이 청평물에 꺾인 채 이틀 후에야
수면 위로 떠올랐다. 한여름 밤의 날벼락은 서울 장안이 온통
아프리카 가봉 대통령의 방문으로 떠들썩한 사이를 뚫고 해질
녘에 찾아와 가족들의 가슴을 갈가리 찢어 놓았다.

어제까지만 해도 한 식탁에 앉아 밥을 먹던 오빠가 홀쩍 떠나
고 난 후, 이 세상에서 다시는 오빠를 볼 수 없게 만드는 것, 내
가 느낀 죽음은 그것이었다.

그러나 세상은 전혀 변함이 없었다. 도로에는 차가 다녔고 하
늘에는 달이 뜨고 구름이 가고 바람이 불었다. 우리 오빠가 하
루 아침에 사라진 엄청난 사건이 일어났는데 여전히 해가 뜨고
별이 반짝이다니…….

그렇게 그렇게 세월은 강물처럼 흐르더니, 3년 후에는 아버지
가, 91년에는 정다웠던 외사촌 오빠가 또 내 곁을 떠났다. 그러
나 세상은 여전했다. 겨울이 가면 봄이 오고, 여름이 가면 가을
이 찾아와 나뭇잎이 뒹굴었으며 나 자신은 배고프면 허기를 느

끼고 기쁘면 좋아서 이를 드러내 놓고까지 웃으며 살아갔다.

죽음이 살아남은 자에게 주는 가장 가혹한 형벌은 이런 변함없는 현실 속에서 여전히 살아가야 한다는 사실이었다.

생각만 하면 울컥, 보고 싶은 얼굴, 얼굴들……

한 살, 두 살, 나이가 들수록 이 세상보다 저 세상에서 나를 기다리는 분들이 늘어간다.

나는 오래 살고 싶은 욕심이 없다. 또 이 세상에 대한 애착이나 미련 같은 것도 별로 없다. 막말로, 나에게 토끼 같은 눈망울을 굴리는 자식이 있는 것도 아니요, 나 없이는 못 사는 남편도 없기에 난 홀연히 이 땅을 떠날 수 있을 것 같다. 오빠와 아버지, 그리고 애인처럼 정담을 나눴던 외사촌 오빠는 내 마음을 더욱 하늘 가까이 머물게 한다.

요즘 들어 나뭇가지에 걸린 달을 바라보노라면 마치 저 세상의 아이가 담 너머 이웃집을 기웃거리고 있는 것 같다. 늘 아득한 곳으로만 느껴졌던 저 세상이 담 하나 사이를 두고 넘나드는 이웃집처럼 가까워지고 있다.

지금보다 더 나이가 들면 머지않아 만날 그리운 이들의 나라에 마음은 더 자주 가 있곤 하리라.

이른 아침 황국을 안고

산소를 찾은 것은

가랑잎이 빨―가니 단풍 드는 때였다

이 길을 간 채 그만 돌아오지 않은 너

슬프다기보다는 아픈 가슴이여

흰 팻목들이

서러운 악보처럼 널려 있고

이따금 빈 우차가 덜덜대며 지나는 호젓한 곳

황혼이 무서운 어두움을 뿌리면

내 안에 피어오르는

산모퉁이 한 개 무덤

비애가 꽃잎처럼 휘날린다   「묘지」 노천명

성 묘 길

아버지 성묘길의 버스 안에서 나는 차창 밖 풍경을 바라보며

자주 이런 질문을 던진다.

'만약 아버지가 살아 계셨어도 난 수녀가 될 수 있었을까?'

그리곤 늘 '절대 아니올시다'로 결론을 내린다. 우리 아버지의 성미로 보아, 아마 경찰을 불러서라도 나를 수녀원 밖으로 끄집어냈을 것이다. 왜 그러시냐고, 아버지가 내 인생 대신 살아줄 거냐고 말대꾸라도 한 번 했다가는 다리몽댕이가 분질러지든가, 아니면 볼 싸대기가 불이 날 정도로 얻어맞았으리라. 아버지는 그게 아니다 싶으면 하늘이 두 조각날지언정 절대 아니라고 하시는 성격이었다.

그러기에 나는 아버지를 뵈러 갈 때마다 결혼도 하지 않고 '서양중'이 되어 찾아온 딸을 보시고 얼마나 분해하실까 하는 생각에 죄송하기만 하다. 그래서 왠지 아버지가 날 반가워하지 않을 것 같아 봉분 앞에서 오래 기도를 드리지 못한다.

살아 계실 때 청바지도 못 입게 하신 분인데 두건을 둘러쓰고 서 있는 내 꼴이 아버지의 눈에 얼마나 흉측하게 보이겠는가.

이런 복잡한 심정 때문에 나는 간단히 아버지 안부를 묻고선 등을 돌려 비석에 기대어 앉아 괜히 하늘만 올려다본다.

아버지는 나에게 '사랑은 바로 칭찬이다'를 가르쳐 주신 분이다.

오랜만에 지어드린 밥이 먹기 힘든 꼬들밥이 되었어도 아버지는, "아따, 우리 딸 밥도 잘하네." 하셨고 내가 오만 성질을 부리고 화를 내도, "우리 인숙이는 절대 경우에 어긋나는 행동은 안 하는 애여."라고 두둔해 주셨다.

얼마 전 설 때, 나는 생전에 아버지가 내게 하신 새로운 칭찬을 어머니로부터 전해 들을 수 있었다. 어머니가 언니, 오빠들에게 대드는 나를 혼 좀 내달라고 부탁드리면 "관둬, 지 할 일 다 하고, 하는 말마다 옳은데 내가 무슨 말을 해." 하셨단다.

나는 새롭게 들은 아버지의 말씀을 내 기억 노트의 칭찬 목록에 새겨 놓았다.

아버지가 계시는 경기도 오산리 산자락들은 담벼락처럼 하늘 가장자리를 고운 곡선으로 두르고 있다. 작은 호수 위를 새들이 날아다니고 아버지를 비롯한 소리 없는 사람들이 편히 누워 있는 이곳, 아니 편하게 누워 있다는 생각은 살아 있는 자들의 희망이라 해야 옳을 것이다.

산모퉁이를 뒤돌아 걸으며 나는 생각한다. 멀어져 가는 딸의 뒷모습을 바라보며 아파하실 아버지의 마음을. 그리고 나는 안다. 내 삶을 칭찬 못하시는 아버지의 자존심과 그 아픈 사랑을.

내가 아버지를 뵙고 떠나간 밤이면 아마 주님께서는 우리 아버지의 소맷자락을 휘어잡으시며 달래실 것이다.

"어허, 자네 얼굴이 왜 그런가. 응, 오늘 둘째 딸 만났구만. 자자, 그러지 말고 나와 저기 가서 막걸리 한 잔 하세나. 그럼 확 풀어질 거야."

나는 주님께 꼭 이런 말씀도 해 주시라고 부탁드린다.

"사실, 몰라서 그렇지, 자네 막내딸은 참 좋은 몫을 택한 거야. 그것만은 내가 장담할 수 있네."

이 말 한마디를.

희망···
삶의 겨울은 찬란한 계절 앞에 펼쳐지는 예고편이다.

내 나이 세 살 적에
돌아가신 어머니

세상에 날 심어 두고
저승으로 가시면서

못 잊어
돌아 돌아보다가
조각달로 뜨는지. 「그믐달」 전원범

바람

어머니 젖꼭지는 거짓말 하나 보태지 않고 꼭 팥알만큼 작다.
"아유, 무슨 젖꼭지가 이렇게 작아요?"
흉을 보면 어머니는 말씀도 당당하게 한마디하신다.
"그런 소리 말어라이? 느그들 다 이 젖 먹고 포동포동 살만
졌으니까. 이래도 찰젖이었어."
　내가 태어나던 해의 집안 형편은 하루 세 끼 챙기기가 어려울
정도로 옹색하기 짝이 없었다. 유난히 장마가 길었던 그 해 음

력 6월, 어머니는 시멘트 바닥에 종이를 깐 축축한 방바닥에서 퉁퉁 부은 몸에 주린 배를 움켜쥐며 산후 조리라는 걸 하셨다.

"애 낳고 난 뒤끝처럼 배고풀라디야…… 그래도 먹을 것이 있어야제…… 자식들 하나라도 더 메길라고 그 때 난 굶기도 참말로 많이 했제. 에미가 안 먹어야 느그들이 조금이라도 더 먹을 거 아니냐?"

어머니는 스쳐가는 가을 바람처럼 나에게 이렇게 말씀하셨다. 부모라면 당연지사 그래야 된다는 것처럼.

98년 9월에 막둥이 남동생이 장가를 갔다. 즐거운 마음으로 결혼식에 다녀왔는데 이상하게도 그날 밤 나는 좀처럼 잠을 이룰 수가 없었다. 이제는 정말 어머니가 홀로 계시게 되었다는 현실이 믿기지가 않았다. 혼자 주무시고 혼자 밥해 드시고. '아, 그러다가 밤새 무슨 일이 생기면 어떡하나.' 나는 온갖 불길한 생각 때문에 어떤 일도 집중할 수 없었다. 새삼스레 어머니를 자주 찾아 뵐 수 없는 내 처지를 인정하고 받아들이기가 너무 힘들었으며 처음으로 수녀원의 담이 아득히 높게만 느껴졌다. 그 후 나는 며칠을 참다 결국 전화 다이얼을 돌렸다.

"어머니! 오래 사셔야 해요. 건강하시고……."

"그럼, 여기 내 걱정은 절대 허지 말고 너나 건강해라잉?"

"아무나 함부로 문 열어 주지 마세요. 가스불 조심하시고."

"알았다. 나, 암시랑토 안 해야."

어머니는 나를 안심시킨 다음 약간 주춤거리시며 물었다.

"아야, 그 뭐시냐…… 느그 수녀들은 밤에 혼자 자냐?"

나는 별 생각 없이 선뜻 그렇다고 말씀드리니 어머니는 한숨을 푹 쉬셨다.

"오메오메, 여럿이 자면 안 된다냐? 누가 아파서 죽어도 모르것다. 그렁께 내가 니 땜시라도 우짜든지 오래 살아야 하것다."

어머니는 굳은 결심을 하시듯 힘주어 말씀하셨다. 내가 도리어 혹 하나를 어머니에게 더 달아드린 격이 되고 말았으나 오래 살아야겠다는 각오의 말씀은 나에게 큰 위로가 되었다.

젊었을 땐 자식들 먹이려고 주린 배를 움켜잡으셨고 칠순 할머니가 되어서는 명줄이라도 늘리어 혼자 사는 딸에게 힘이 되어 주시겠다는 어머니. 나는 간절히 바라고 또 바란다. 진심으로 어머니가 오래오래 내 곁에 있어주시길.

어스름 저녁나절, 묵주 알을 돌리며 느티나무 꼭대기에 있는 까치집을 유심히 바라본다. 어미새가 새끼새 주둥이에 연신 먹을 것을 넣어 주고 있다. 그러다가 어디론가 휙 날아갔다가 다시 돌아와 입에 물고 온 것을 새끼에게 먹이며 어디가 그리 이쁜지 뽀뽀를 하고 야단이다.

양지바른 무덤 가에

할미꽃 피어 있네

딸내미 집 떠돌다

추운 겨울날

눈보라 속에서 눈감았다는

슬픈 전설 안고

꽃이 피었네

하얀 솜털 붉은 꽃잎

남루한 잎새

고개 숙인 할미꽃

혼자 피었네 「할미꽃」 안상길

옛 이야기 들으며

'할미꽃 전설'은 내가 어머니로부터 들은 최초의 옛 이야기
다. 어머니가 그렇게도 열중하시며 해 주신 할미꽃 전설을 들으
며 나는 참 많이도 울었었다.

"옛날옛날 어느 산골 마을에, 마음씨 고운 할머니가 살았단

다. 할머니에겐 시집간 딸이 셋이나 있었어. 어느 날 할머니는
딸들이 보고 싶어 집을 나섰단다. 제일 먼저 첫째 딸에게 갔더
니 오메오메, 우리 엄마 어서 오시라며 버선발로 뛰어나와 반기
지 않겠니? 그러나 요망한 큰딸은 하루가 가고 이틀 사흘이 지
나니까 할머니에게 이제 그만 가셨으면…… 하고 눈치를 주더
란다. 그래서 할머니는 둘째 딸네 집으로 발길을 돌렸지."

"엄마! 할머니 큰딸은 나쁜 사람이야."

"그럼 그럼, 못된 딸이지. 그런데 둘째 딸도 큰딸처럼 한 며칠
은 할머니에게 고깃국이다 뭐다 하면서 상다리가 휘어지도록
차려 와서는, 어머니 이것 잡수세요, 저것 잡수세요 하고 야단
을 떨더니만 일주일도 못 되어 그 맴이 백팔십도로 팽 돌아서서
할머니를 대문 밖으로 쫓아 버렸어."

"엄마! 할머니 둘째 딸도 나쁜 사람이야."

"아암, 나쁜 딸이지. 너도 그런 딸 될 거냐?"

"아니! 난 절대 안 그럴 거야."

"옳지, 그래야지. 그런 딸 되면 안 되고 말고…… 할 수 없이
할머니는 허청허청 발길을 돌려 막내딸네 집을 향해 걸었단다.
막내딸은 산 하나를 넘어야 하는 아주 먼 곳에서 살았어. 눈보
라가 말도 못하게 치는 겨울날이었지. 산에 있는 나무들도 엉엉
울고 말이다. 할머니는 바람에 휘몰아쳐 내리는 눈 때문에 앞을

볼 수가 없었어. 그래도 할머니는 이 산만 넘으면 보고 싶은 우리 막내딸을 볼 수 있다는 희망을 안고 한 걸음 한 걸음 힘겹게 산을 오르셨지. 드디어 산 위에 다다른 할머니는 허리를 펴고 조개껍질처럼 옹기종기 모여 있는 산밑에 집들을 바라보면서 우리 막내딸 집이 어디 있나 찾으셨단다. 멀리 보이는 막내딸네는 저녁밥을 짓는지 굴뚝에서 모락모락 연기가 피어오르고 있었어. 얼어붙은 할머니 얼굴엔 미소가 번지고 주르르 눈물이 흘러내렸단다. 그런데 갑자기 한 줄기 거센 바람이 불어와 할머니를 그 자리에 쓰러뜨리고 말았어. 할머니는 일어나려고 아무리 애를 써도 일어날 수가 없었단다."

"흑흑, 엄마! 할머니가 너무 불쌍해."

"참 불쌍한 할머니시지. 그날 밤 산등성이를 찾아온 달님은 못내 슬픈 얼굴로 하얀 눈에 쌓여 꼼짝 않고 누워 계신 할머니를 내려보았단다. 겨울이 가고 봄이 돌아왔어. 할머니가 죽은 그 산자락에는 작고 허리가 구부정한 붉은 꽃이 피었는데 사람들은 그 꽃을 '할미꽃'이라 불렀단다."

이 글을 쓰는 지금도 내 눈에는 눈물이 고인다.

동백 아가씨

서울 정릉 달동네가 지금은 어떻게 변
해 있을까? 내 나이 예닐곱 살쯤 되었을까?
우리 집에서 저쪽 언덕을 건너다보면 검은
루핑지 지붕을 잇고 비닐로 창문을 막은, 다닥다닥 붙여
지은 판잣집들이 보였다. 그런 하꼬방 같은 집 모양은 우리
동네도 마찬가지였다. 그런데 유난히 건너편 집들은 불이 자주
났다. 그때마다 우리 동네 사람들은 속수무책으로 그 쪽을 바라
보고 서성거렸다. 불길은 가라앉는 듯하다가 다시 거세어져서
구경하는 사람들은 한마디씩 하며 안타까워했다. 나도 어른들
무릎 밑에 끼어 까만 지붕이 시커먼 연기를 내며 타 들어가는 것
을 불안한 마음으로 보곤 했다.

어머니는 내 기억에 없는 일화를 들려 주신다. 우리 집 바로
옆에는 간실네가 살았단다. 없는 사람들끼리 모여 살기에 서로
정 붙이고 사느라 가끔 저녁을 먹으러 우리 집에 오곤 했단다.
그때마다 내가 밥상 밑에 손을 넣어 간실이 남동생 허벅지를 꼬
집는 바람에 어머니는 남부끄러워 혼이 났단다.

"세상에 너가 그럴 때마다 어린 것이 얼마나 아팠것냐? 그래

도 쌩만 찡그리고 참는 거야. 왜 그렇게 미워했는지 모르것어."

이런 일도 자주 있었단다. 놀러 나간 아이가 해가 져도 집에 들어오지 않아 찾다 보면, 멀리 언덕배기 공터에서 빙 둘러싸인 아이들 가운데에 들어가 두 손을 모은 채 목청껏 노래를 부르고 있더란다. 가서 들어보면 아이들이 신청하는 노래를 틀리지도 않고 줄줄 부르더란다.

나는 노래에 관한 창피한 기억이 있다.

어느 날, 언니가 전화로 나를 찾더니만 대뜸 옆에 있는 자기 친구를 바꿔준다고 했다. 언니 친구는 나에게 말했다.

"언니가 그러는데 인숙이가 노래를 참 잘한다면서? 어디 한 곡 불러 볼래?"

나는 몇 번 거절하다 할 수 없이 한 곡을 불렀다. 그 때 부른 노래가 이미자의 '동백 아가씨'였다. 노래가 끝나는 동시에 박수 소리가 요란하게 전화선을 타고 들렸다. 왜 하필, 초등학생이었던 내가 그런 유행가를 불렀는지…….

그럼에도 불구하고 '동백 아가씨' 노래는 지금도 나의 애창곡 중의 한 곡이다. 동백의 열정으로 살고픈 마음을 담아 가사를 음미하며 애절히 부르는, 내가 좋아하는 노래다.

아버지

아버지는 파도 소리가 들리는 전남 자은면 면전리의 섬에서 태어났다. 아버지는 늘 바다를 보며 자랐고 희망도 바다처럼 크고 넓었다. 아버지는 자신의 꿈을 실현하기 위해 갈매기처럼 바다를 건너 수평선 너머에 있는 나라로 떠나려 했다. 그러나 할아버지가 수염을 칼날처럼 세우고 턱을 떨며 "왜놈 땅을 밟은 그날부터 나는 너와 부모 자식간의 인연을 끊겠다" 하며 역정을 내셨다. 할아버지의 그런 말씀은 아버지의 가슴에 박혀 꼼짝없이 발을 묶어 놓고 말았다.

아버지는 그때부터 앓으시더니 화병이 들고 말아, 죽는 날까지 이불 속에 발을 넣고 주무시질 못했다. 아버지는 바다와 수평선을 마음껏 넘나들며 어디든지 날아가는 갈매기 날개에 자신의 꿈을 실어 보냈다. 그리곤 텅 빈 가슴으로 고향을 떠나 도회지의 나그네가 되었다. 아버지는 삶의 어디에도 머무르지 못한 채 인생의 바다를 끝없이 방황하는 사공이었다.

초등학교 시절, 아버지는 메리야스 공장을 운영하셨는데 당시 면직 기술자를 데리러 가거나 기계를 구입하기 위해 경상도 대구로 출장을 자주 가셨다.

아버지가 안 계신 어느 날, 벽걸이에 걸린 양복을 스치다가 나는 아버지를 만났다. 양복에 배어 있는 포마드 머릿기름과 담배 냄새. 그것은 그리운 아버지였다. 나는 코를 킁킁거리며 아버지를 온몸으로 느꼈다. 그리곤 양손에 가득 과자를 안고 술 냄새를 풍기며 내 이름을 크게 부르시는 아버지가 보고 싶어 양복으로 얼굴을 감쌌다. 그 때 나는 이상하게 아버지가 아주 멀리 떠나 버린 것 같은 슬픔에 잠겼다.

출장을 다녀오신 아버지는 장 보러 가시길 즐기셨다. 어쩌다 아버지 손을 잡고 시장에 가는 날은 내가 마음껏 으쓱대는 날이었다. 아버지는 나무 좌판 위에 생선을 즐비하게 놓고 손님을 부르는 아줌마들 사이를 지나쳐 어느 한 아줌마의 생선을 들고 얼마냐고 물으셨다. 아줌마는 싸게 드릴게 사 가라며 손님을 놓치지 않으려 하셨다. 아버지는 두말 않고 좌판에 놓인 생선을 모두 달라고 하셨다. 놀란 아줌마는 생선을 집어 신문지에 싸기 바빴으며, 아버지는 양복 속 호주머니에서 빳빳한 초록색 돈 뭉치를 꺼내 척척 세어 아줌마께 건넸다. 그러면 아줌마는 아버지께 여러 번 허리를 굽혔다. 나는 그런 아버지를 올려다보며 '우리 아버지가 최고다' 하면서 아버지 손을 꼭 잡고 고개를 흔들며 걸었다.

아버지와 나는 어머니에게 좋은 비교 대상이다.

"어쩜 너는 커갈수록 너네 아버지만 닮았냐? 저 성깔하며 역마살까지……." 하시며 흉을 보기 일쑤다.

수도자는 세상을 순례하는 나그네로 살아간다. 멈추어 서지 않는 이탈과 떠남의 생활이지만 나는 만족하며 살고 있으니 어머니 말씀이 틀린 것 같지는 않다.

언니가 아닌 누님!

나에겐 누님이 한 분 있다. 여자인 내가 우리 언니를 '누님' 이라고 부르게 된 것은 남자들 틈에서 자라다보니 '언니' 라는 단어를 배우지 못한 게 그 원인이다. 언니는 내가 누님이라 불러도 어색해 하지 않으며 나도 그렇게 불러야 마음이 편하다. 하지만 어느 땐 사람들의 웃음거리가 되기도 했다.

한 번은 광화문 한복판에서 타야 할 버스가 막 도착했는데 옆에 있던 언니가 보이지 않았다. 다급해진 나는 "누님, 누님"하고 큰소리로 부르다가 뭇사람들의 의아하다는 시선을 받은 적도 있었다.

나는 언니와 오빠들에게 쥐어 박힐 때가 많았다. 하지만 결코 기죽지 않았다. 그럴 수 있었던 가장 큰 이유는 내 안에 은연중 '아버지는 언제나 내 편이다.' 라는 확신이 있었기 때문이다.

나는 언니와 아옹다옹하면서도 동생을 믿어주는 언니의 신뢰를 느끼며 자랐다. 언니는 늘 나를 자기보다 똑똑하다고 생각했으며, 남들에게도 자랑삼아 내 이야기를 했다. 이런 언니의 모습이 내가 주눅들지 않고 버틸 수 있었던 또 하나의 힘이었다.

여동생이 수녀로 살고 있는 언니 친구가 있다. 나이 차이도 언니와 나처럼 열한 살 차이가 난다고 하면서 언니는 말했다.

"그 희재 언니 동생도 어릴 때 대단했나 보더라!"

"왜, 어땠는데?"

"아 글쎄, 둘이 싸우면 그 수녀 동생이 대빗자루로 희재 언니를 때린다고 막 달려드는 바람에 희재 언니가 오히려 도망다녔다는 거야."

"그래?"

"그 집도 우리랑 비슷했나봐."

언니는 자신이 말을 해 놓고도 멋쩍은 듯 비시시 웃었다.

언니는 나이가 들수록 하나뿐인 여동생과 자유스럽게 왕래하지 못하며 사는 게 무척이나 서운한 눈치다.

"너, 늙으면 거기서 나올 수 없니? 나랑 시골 같은 데 가서 조용히 살면 좀 좋아…… 남들은 여동생하고 서로 오고가며 사는데 난 정말 복도 없어."

이런 언니의 푸념을 들으면 마음이 울적해진다.

비록 내가 동생이긴 하지만 언니는 '수도자'라는 나의 신분 때문에 나의 의견과 충고를 신중히 여긴다.

"누님! 그건 이렇게 하는 게 좋을 것 같애."

"그래 알았어. 너 말대로 할게."

"자식에게 너무 기대하고 살지 마. 나중에 괜히 실망하니까. 왜 그렇게 살아?"

이럴 때면 언니의 농담 섞인 낭랑한 목소리가 전화선을 타고 들려 온다.

"네, 알았습니다. 잘 알았습니다."

고통의 신비

지난 겨울 동안, 대지는 매서운 추위를 견디어야 했다.

새들도.

나무들도.

동물들도 마찬가지.

흘러야 할 계곡 물도 얼어붙은 몸뚱이로 벼랑에 매달려 고통스러워했다. 이제 그 긴 겨울이 가고 봄이 더 깊어지면 땅은 고통만큼 풍성한 열매를 맺을 것이며, 나무들은 꽃봉오리를 터뜨려 환성을 올릴 뿐만 아니라 새는 더 높이 날 것이고, 계곡의 물은 자유를 찾아 힘차게 달릴 것이다.

고통은 참으로 오묘하다. 수만 가지 아픔으로 얼룩진 고난의 인생은 어느덧 우리에게 감동으로 다가오니 진정 고통은 신비이다. 겨우내 벌거벗고 서 있던 배나무 가지에 하얀 꽃들이 피었다. 비바람과 눈보라에 시달리면서도 운명처럼 자신의 자리를 지키더니만 생명의 꽃을 탄생시켰다. 나는 가녀린 꽃송이에 볼을 비비며 사랑해주고 기진한 검은 살결의 나뭇가지를 어루만지며 마음 아파한다.

온 산천의 나무들은 지금, 꽃을 피우기 위해 산고를 앓고 있다. 머지않아 찾아올 생명의 계절 앞에는 이렇게 피할 수 없는

고통이 있다.

큰오빠의 겨울은 어둡고 긴 터널의 연속이었다. 가족들은 도무지 끝이 보이지 않는 길을 따라가면서 서로의 마음에 상처를 주고받았다. 현실 감각이 없는 오빠의 이상은 지극히 평범한 가족들이 수긍하기엔 너무나 힘든 것이었고 무엇보다 오늘의 생활고가 철조망처럼 오빠를 가로막았다.

부모에게는 불효자식, 동생들에게는 무능한 장남이라는 낙인을 스스로에게 찍으며 오빠는 이제 그만 여기서 되돌아가자, 포기하자 하며 몇 번을 망설였던가.

그러나 오빠는 그 길고 긴 터널을 끝까지 걸었다. 때론 쓰러져 몸부림치고 절망하면서도 언젠가 보게 될 빛을 향하여 자신의 길을 멈추지 않았다. 오로지 일편단심, '예술' 이라는 외길을.

이제 오빠는 눈을 들어 하늘을 보고 있다. 나이보다 먼저 백발이 되어버린 오빠의 머릿결이 눈부신 햇살에 반짝이고 있다.

이제 우리는 서로의 상처를 어루만지며 말한다. 오빠의 봄은 그 긴 겨울이 잉태한 결과라고.

이제 우리는 서로가 겪은 고통을 얘기하며 웃음꽃을 피운다. 그 때는 이해할 수 없는 충분한 이유가 있었다고.

봄이 가고 우리에게 다시 찾아오는 겨울이 있다 하더라도 이

젠 두렵지 않다. 삶의 겨울은 찬란한 계절 앞에 펼쳐지는 예고
편임을 우리는 깊이 체험했기 때문에.

낙엽이 우수수 떨어질 때,
겨울의 기나긴 밤,
어머님하고 둘이 앉아
옛 이야기 들어라.

나는 어쩌면 생겨 나와
이 이야기 듣는가?
묻지도 말아라, 내일 날에
내가 부모 되어서 알아보랴?　「부모」 김소월

모자의 고백

오늘은 큰오빠의 신 사옥 입주하는 날.
일기예보에 의하면 비가 내린다고 했으나 하느님께서 행사가
거의 마무리된 오후 늦게까지 꾹 참아 준 축복의 날이었다.
　행사가 끝나고 사람들이 떠난 후 오빠는 어머니와 마주 앉았
다. 연두색 한복 차림에 분홍 립스틱을 바른 백발의 어머니가
곱기만 했다. 조금 마신 술기운에 홍안이 된 큰오빠는 불현듯
가는 세월이 아쉬웠다.

"어머니! 오래오래 사셔야 해요. 그래야 이런 좋은 날도 보잖아요."

"오냐, 길환아! 진심으로 축하한다. 이 모든 게 하나님께서 해 주신 거다. 항상 겸손하고, 직원들에게 잘 해라이? 나도 하나님만 의지하고 살란다."

"나, 어머니 돌아가시면 가슴에 한이 맺혀 못 살 거예요…….옛날 불광동에서 살 때, 일이 마음대로 안 되면 항상 어머니께 화풀이했는데……."

"그럼, 에미니가 했지. 그 때는 참 서운했어도 자식이니까 잊어버리는 것이다."

"어머니, 난 표현을 못해서 그렇지, 내 마음은 그런 게 아니었어요."

"길환아! 넌 어째 마음이 아직도 애기같냐. 난 우리 자식들을 너무 어수룩하게 키운 것 같아 걱정이다. 남의 자식들처럼 빠릿빠릿하질 않아."

"언젠가 어머니가 그러셨죠? 다시 태어나도 여자로 태어나겠다고…… 난 그게 마음 아파요."

"응, 난 꼭 그라고 싶다. 다시 여자로 태어나서 좋은 사람 만나, 좋은 세상 한 번 살아보고 싶어…… 첫 자식인 너를 낳고 나니 '이젠 떠나지도 못하겠구나' 하고 핏덩이를 내려다보며 많이

도 울었어…… 얼마나 독하면 에미가 자식을 뇌두고 떠날
까…… 너네 아버지 만나 참, 못 살 세상 살았지만 그래도 느그
아버지가 보고 싶고 그렇게 생각날 수가 없어. 어제도 얼마나
생각났는지 모른다."

백발의 어머니는 큰아들 앞에서 마치 사랑을 고백하는 신부
처럼 수줍었다.

슬픈 훈장

"어머니! 저 이번 휴가 마치고 들어갈 때 내복 몇 벌 사주세요."

"오냐 그러마. 군에 높은 양반한테 선물하려고 그러냐?"

"네, 그리고 저어…… 저 이번에 월남에 자원했어요. 얼마 있으면 떠나요."

"머, 머시 어쩌고 어째? 월남? 누가 너보고 그런 데 가라고 하든? 난 굶어 죽어도 못 보낸다. 자식이 그런 곳에 가서 벌어온 돈, 난 한푼도 바라지 안 해. 그런 결정을 왜 니 혼자서 허냐? 아이고, 너는 부모도 없냐?"

"그냥 가게 됐어요. 이제 안 가면 안 돼요. 남들도 다 가고…… 훈련도 합격했어요."

60년대의 우리 나라. 모두가 어려웠던 그 시대는 월남에 가면 돈 벌어 온다는 소문이 동네에 나돌았다. 그래서 큰오빠를 비롯한 젊은 군인들 중에는 가난한 집안 살림을 조금이라도 일으켜 보려는 희망으로 월남에 자원한 사람이 많았다. 어머니는 한 번 떨어진 군의 명령은 죽어도 가야 한다고 여겼기에 억장을 치면서도 오빠의 옷자락을 잡을 수 없었다.

어머니는 이역만리 정글의 땅으로 자식을 보낸 후, 새벽마다 정화수를 떠놓고 두 손 모아 빌었다.

자전거를 타고 온 우편 배달부 아저씨는 멀고 먼 나라 사이공 우표가 붙은 오빠의 편지를 전해 주었다. '어머니! 아버님! 그리고 사랑하는 동생들에게'로 시작되어 '나는 내무반에서 근무하니 아무 걱정 마십시오.'로 끝을 맺은 오빠의 편지를 식구들은 읽고 또 읽었다. 그리고 정글 나무를 배경으로 늠름한 포즈를 취하며 웃고 있는 오빠의 사진을 바라보며 약간은 마음이 놓였다. 편지에는 그림을 잘 그려서 감사패와 훈장을 받았다는 소식도 자주 적혀 있었다.

가족사진을 보내 달라는 부탁에 다섯 동생들은 사진관으로 달려가 오빠를 기쁘게 해주기 위해 카메라 앞에서 사진을 찍었다.

"자, 여기를 보세요, 여기를. 활짝 웃으세요. 찍습니다."

사진사의 요구에 우리는 세상에서 가장 행복한 표정을 짓고자 잔뜩 긴장하며 애를 썼다.

큰오빠가 가끔씩 부쳐주는 돈으로 당시 중, 고등학교를 다녔던 둘째, 셋째 오빠는 오랜만에 납부금을 기한 내에 걱정하지 않고 낼 수 있었다.

그러나 월남에서 돌아온 새까만 김 병장 큰오빠는 초라하기만 했다. 겉으로는 멀쩡했지만 제대하기 석 달 전 다리에 박힌 총알 때문에 하마터면 발목을 절단할 뻔했다.

군인 가방 안에는 쉰내 나는 옷 뭉치와 동네 사람들에게 나누어줄 세숫비누, 그리고 표창받은 여러 훈장과 상장이 들어 있었다.

나는 아름다운 색동 리본이 달린 오빠의 빛나는 훈장을 왼쪽 가슴에 브로치 대용으로 달고 다녔다. 하나가 싫증이 나면 다른 것으로 바꿔 찼고, 그것도 싫으면 떼어서 책상 서랍에 넣어둔 채 잊어버렸다.

지금 생각하면 얼마나 오빠에게 미안한지 모른다. 남의 집 같으면 상장은 액자에 넣어 자랑스럽게 걸어 두고, 훈장은 가장 잘 보이는 곳에 집안의 가보로 진열해 두었으련만……. 광산 김씨 가문에 환쟁이가 있다는 걸 수치처럼 여긴 아버지 때문에 우리 집은 그림을 그려서 무슨 상을 받았다는 게 기쁜 일이 아니었다.

'월남' 하면 나는 오빠의 훈장이 생각난다. 그리고 그것을 가슴에 달고 다녔던 내 철없던 어린 모습이 못내 부끄럽다.

내리는 비에
산이 젖고 있는데

산길을 가는 내가
왜 젖지 않겠는가

나 또한 산이 되어
함께 젖어 간다.   「비에 젖는데」 전원범

희망의 씨

비가 내린다. 나는 창가에서 하늘과 땅을 잇고 있는 봄비를
바라본다. 빨래를 하기 위해 옷을 물에 담그면 무늬, 색, 선 그
리고 얼룩자국들이 선명해지듯 비가 오면 나는 더욱 되살아 떠
오르는 추억에 젖는다.

아버지의 사업이 망하여 우리는 또 외할머니 댁으로 들어갔
다. 슬하에 딸만 둘인 외할머니는 이모가 모시고 살았다. 언덕
길을 숨가쁘게 오르면 맨 마지막에 있는 집, 그 조그마한 외할

머니의 초가집은 막내딸인 어머니의 삶에서 늘 비를 피하게 해
주는 보호소 역할을 했다.

할머니 집 뒤뜰에는 높은 돌담이 있고 그 위에는 '소망원'이
라는 큰 고아원이 있었다.

비가 오는 날이면 담벼락 사이에서는 빗물이 흙물이 되어 흘
러내렸고 방 안에서는 외할머니, 이모, 어머니가 돌담이 무너질
까봐 걱정스레 한숨만 푹푹 내쉬셨다. 우리들은 이불 속에서 빗
소리에 섞인 어른들의 힘없는 말을 들으며 자꾸 슬퍼졌다.

하루 하루의 삶 자체도 그칠 줄 모르는 비가 내렸다. 구름이
걷히고 해가 나올 가능성이 까마득했다. 이런 날들이 계속될 때
큰오빠는 그 이름도 유명한 「흥부놀부전」을 그림으로 그리고,
외할머니 돋보기 안경을 렌즈 대용으로 끼워 손수 만든 슬라이
드 기계로 안방극장을 개봉했다.

동네 사람들은 남녀노소 할 것 없이 외할머니 집으로 모여들
었다. 오빠는 미리 흰 이불 홑청으로 방 한쪽 벽면을 가려 놓고
자신이 그린 그림들을 한 장 한 장 기계 속으로 넣었다. 그러면
작은 그림은 크게 확대되어 흰 천 위에 나타났다. 우리는 모든
게 신기했으며 그 순간만큼은 동네 가득 비가 그치고 행복의 빛
이 찾아오는 듯했다.

오빠는 화면에 그림을 비춰주는 동시에 구수한 변사 노릇도

하면서 사람들을 울리고 웃겼다.

"옛날 끈날, 아주 머어언, 호랑이가 담뱃대 물고 폼잡던 시절에 흥부와 놀부라는 형제가 살았던 것이었던 것이다……."

오빠의 입담에 안방극장은 점점 무르익어 갔으며 드디어 화면은 흥부네 부부가 큰 박을 가운데 두고 힘차게 톱질하는 장면으로 바뀌었다.

"슬근슬근 슬근슬근, 톱질하세 톱질하세. 금 나오면 형님 주고 은 나오면 우리 갖세. 슬근슬근 슬근슬근……."

그런데 오빠는 흥부 내외가 박을 톱질하는 이 대목에서는 언제 끝날 줄 모르는 슬근슬근만 계속 해댔다. 맨 앞줄에 앉아 구경하던 어린 우리들은 어서 빨리 박이 터지길 바랐다. 은도 나오고 금도 나오는 극적인 장면을 놓칠까봐 눈을 크게 치켜 뜨고 기다렸다.

"터진다 터져. 하―나, 두―울, 세―엣 터져라, 박아."

큰오빠는 우리를 최대한 흥분시켜 놓고선 드디어 박을 터뜨렸는데 그 장면이 어찌나 황홀했던지 우리는 뒤로 나자빠질 뻔했다.

오색찬란한 보석들하며, 으리으리한 기와집, 수많은 옷과 상다리가 휘어질 것 같은 진수성찬이 화면 가득 나타날 때의 황홀함과 놀라움. 정말 방 안 가득 금은보화가 쏟아져 있는 것 같았다. 그 때의 그 충만한 기쁨을 무엇에 비교하리.

영화가 끝나면 동네 사람들은 댓돌 위에 어지럽게 놓여 있는 신발을 찾아 신고 모두들 홍부네 집 사람들처럼 수박 같은 함박 웃음을 짓고 밤길을 걸었다.

큰오빠는 우울한 삶을 살아가던 사람들에게 잠시나마 잃었던 웃음을 찾아주는 역할을 했다. 그리고 밤길을 걷는 동네 사람들의 가슴에, '지금은 흐린 삶이지만 홍부처럼 정직하고 선하게 살자. 그러면 언젠가는 우리에게도 쨍하고 해뜰 날이 오리라.' 는 희망의 씨를 심어주었다는 것을 나는 많은 시간이 지난 뒤에야 깨달았다.

몇십 년의 세월이 흘렀지만 오빠가 직접 슬라이드를 제작하여 보여주었던 안방극장 「홍부놀부전」은 동화같이 아름답고 소중한 추억이다.

비 오는 날이면 나는 내일을 위한 과거로 살아간다.

깜빡 잊고
이를 안 닦았더니
누런 미운 이가 되었다

동무들이
혹시 내 이를
흉볼런지 몰라

조심조심 웃고
말할 때도 조심한다   「이빨」 백영철

지극정성

바람이 세차게 불었다. 하늘이 무겁게 내려앉아 금방 빗방울
이 떨어질 것 같은 어스름한 저녁 바닷가. 할머니 치마폭은 바
람에 뒤틀리어 발목 있는 곳을 쥐어짜듯 휘감았다.

할머니는 치통을 앓고 있는 며느리를 위해 하얀 쌀밥이 가득
담긴 사기 밥그릇을 보자기에 싸서 바다로 나오셨다. 파도는 밀
려올 때마다 할머니 앞에서 백마로 변하여 거세게 뛰어올랐다.

그러나 할머니는 한 발짝도 물러나지 않으시고 허리와 고개를 굽혔다 폈다 반복하면서 두 손을 합장하고 빌었다. 할머니는 보자기를 펼쳐 쌀밥을 바다에 던진 후에도 계속 빌다가 컴컴한 밤이 되어서야 집으로 돌아오셨다.

"아가! 니 이는, 인자 안 아플 거다. 내가 바닷귀신한테 얼매나 빌고 왔는디…… 곧 나을 것이다잉?"
할머니 말씀대로 정말 어머니의 치통은 감쪽같이 멈추었다. 내 나이 네댓 살 때의 일이다. 아버지의 고향에서 치통을 앓고 누워 계셨던 어머니, 할머니가 보자기에 밥을 싸 가지고 문밖을 나가시던 뒷모습, 돌아오셔서 어머니께 장담하시던 할머니의 말씀대로 어머니의 치통이 감쪽같이 없어졌던 사건은 어른이 된 지금도 나에게는 알 수 없는 신비로 남아 있다.
어머니는 자주 치통을 앓았다. 소풍날이 가까이 돌아오면 외할머니는 나를 붙잡고 달랬다.
"인숙아! 엄마가 이렇게 아픈디 소풍을 가것냐? 그 대신 할미가 돈 줄탱께, 니 먹고 싶은 거 사 먹고 놀아라잉? 니가 말을 잘 들어야 엄마가 빨리 낫제."
그러나 어머니의 치통은 내가 소풍을 가지 않아도 낫지 않았다. 어머니의 첫째가는 소원은 자식들이 공부 잘하는 것보다 이가 좋아서 당신처럼 고생을 하지 않는 것이었으나 어찌된 일인지 여섯 자식들의 치아는 어머니의 소원을 모두 비껴만 갔다.

어머니는 가정 형편이 쪼들려도 자식들의 좋은 치아를 위해 무진 공을 들였다. 밥을 먹고 난 후는 물론이고, 잠자기 전에 양치질하였는가는 한 번도 잊지 않고 확인하셨다. 만약 깜박 잊고 잠이라도 드는 날이면 어머니는 기어이 깨우며 애원하듯 말씀하셨다.

"인숙아! 일어나라이…… 다 니 좋으라고 그래야. 자, 자 물로 흔들기라도 해. 너, 이 썩어 봐라 얼마나 고생하는 줄 아냐."

오빠들이 군에 입대할 때와 휴가 나올 때 어머니는 가장 먼저 치아를 검열하셨다. 나 또한 수녀원에 입회할 때, 그리고 어머니를 뵐 때마다 지금도 여전히 내 입을 크게 벌리라 하시며 치아에 이상이 있나 확인하신다.

"아— 해봐라. 웃짜스끄나. 저 아금니 때운 것 끄트머리가 떨어져 부렀네. 진작 치과에 갔어야 한다……. 이는 쪼금 이상이 있을 때 치과에 가야 한다이. 하나가 없으면 세 개를 해야 혀."

어머니가 유일하게 비싸다는 소리를 하지 않는 곳은 오직 치과밖에는 없다. 당신이 예상했던 금액보다 치료비가 훨씬 많이 나와도 이는 꼭 치료해야 한다는 굳은 신조 때문에 군소리하지 않으신다. 없는 형편에 목돈을 마련하기 위해 어머니는 생활비

를 아끼고 쪼개어 계를 들었고 자식들의 이가 더 나빠지지 않도
록 미리 방비해 주셨다.

안타깝게도 우리는 선천적으로 약한 이를 가지고 태어났다.
그러나 이 정도의 치아를 유지할 수 있었던 모든 은혜는 어머니
의 치아에 대한 지극 정성 덕분임을 알고 감사드린다.

어릴 적 음식을 먹을 때마다 귀에 못이 박히도록 들었던, 지
금도 마르고 닳도록 세뇌시키시는 어머니의 당부를 우리는 기
억하지 않을 수 없다.

비스킷은 과자 중 제일 이빨을 썩게 하는 것이니 먹지 말그라.

느그들 이빨은 껌이나 엿같이 끈적끈적한 것하고는 상극이다.

단단한 것은 절대 이빨로 깨지 말고 불려 먹어야 한다 등등.

치아에 대한 어머니의 유별난 관심은 자식들을 향한, 산나물
같이 꾸밈없고 질리지 않는 사랑이다.

산새도 날아와 우짖지 않고,
구름도 떠나곤 오지 않는다.

인적 끊인 곳
홀로 앉은 가을산의 어스름

호오이 호오이 소리 높여
나는 누구도 없이 불러보나.

울림은 헛되이
먼 골 골을 되돌아올 뿐.

산 그늘 길게 늘이며
붉게 해는 넘어가고

황혼과 함께
이어 별과 밤은 오리니,

삶은 오직 갈수록 쓸쓸하고,
사랑은 한갓 괴로울 뿐.

그대 위하여 나는 이제도, 이

긴 밤과 슬픔을 갖거니와,

이 밤을 그대는, 나도 모르는

어느 마을에서 쉬느뇨?　　「도봉」 박두진

첫사랑

고개를 갸웃거리며 편지를 뜯었다.

'……이 시를 좋아할 것 같아 보냅니다. 사실 저도 좋아하는
시거든요…….'

약간 짐작은 갔으나, 누가 보냈는지 확실히 알 수 없는 편지
에는 박두진의 『도봉』이란 시가 그림을 그려 놓은 듯한 고운 글
씨로 쓰여 있었다. 한 번 읽었는데 심장이 팡팡 뛰었다. 누군가
가 훔쳐보기라도 할까봐 얼른 변소로 뛰었다. 어떻게 걸음을 옮
겼는지 모르겠다. 변소 문이 꼭 잠가졌는지 몇 번씩 문을 흔들
어 확인하고선 편지를 다시 폈다. 어느 글귀를 읽어봐도 자신을
밝히지 않은 점잖고 수준 높은 편지였다.

왠지 그 편지를 그냥 보관하면 안 될 것 같았다. 아무 흔적 없이 없애야지. 문득 영화 속의 멋진 장면이 스쳐갔다. 바로 그거야. 나는 유리컵에 물을 떠왔다. 편지를 성냥불에 태워 그 재를 물에 넣고 휘저었다. 재는 가루가 되었다. 나는 진지한 마음으로 그 물을 마시기 위해 들어올렸다. 한 모금 꿀꺽 했는데 그냥 꿱꿱 토해냈다. 분위기는 엉망진창이 되어버리고 나는 마시는 걸 포기해야 했다. 영화 속의 장면처럼 멋있게 되지 않았다.

나의 첫사랑은 편지 한 장으로 끝났다. 중1 때의 일이다.

언니에게도 첫사랑이 있었다. 얼굴이 까만 그 대학생은 아저씨처럼 늙어 보였다. 언니는 그 사람과 영화구경을 갈 때면 가끔 나를 데리고 갔다. 하지만 아버지는 그 사람 전화를 딱 한 번 받더니만 '건방지고 버릇이 없다' 며 화를 내셨다.

어느 날 저녁이었다. 낯선 아줌마와 나이 든 아저씨가 찾아와 대뜸 아버지에게, 당신네 딸과 자기 아들이 서로 좋아지내는 것 같으니 여건이 허락된다면 결혼을 시키면 어떻겠냐고 일방적으로 물었다. 아버지는 가타부타 말씀없이 한마디로 거절하셨다.

"가십시오. 우리 집에서는 연애 결혼은 용납 안 합니다."

언니의 첫사랑이 끝나는 순간이었다. 언니는 이 사실을 한참 후에야 알게 되었고 보나마나 아버지의 반응은 뻔했으리라 짐작을 했다. 그래도 언니는 미련이 남았는지 나에게 아버지가 그날 어떻게 하셨는가 물었다. 그런데 왠지 나도 그 집 사람들이 싫다는 뜻을 밝히고 싶어 인상을 쓰면서 아버지가 쫓아버렸다고 했다. 언니는 아무렇지 않다는 표정이었지만 무척 신경을 쓴다는 걸 알았다. 그 뒤에도 비슷한 질문을 나에게 반복했으니까.

10대였던 나는 20대가 되고, 언니는 30대 노처녀로 세월을 좀 먹고 있던 어느 여름밤. 베개 옆에 라디오를 놓고 '별이 빛나는 밤'의 심야방송을 듣고 있는데 언니가 가만히 옆에 와 눕더니 나에게 고백했다. 며칠 전 그 사람을 만났다고. 결혼하여 잘 살고 있더라고. 그리고 쓸쓸하게 그 남자의 아기 첫돌 잔치에 초대를 받았노라고 말했다. 언니의 마음이 몹시 상해 있을 터였다. 나는 속으로 그 남자에게 욕을 퍼부었다. 형광등이 꺼져서 언니의 얼굴을 보지 않은 게 다행이었다.

가로침

콩나물을 사오라며 나를 시장에 보낼 때면 어머니는 항상 당
부하셨다. 할머니가 더 주려고 하면 받지 말고 그냥 와야 한다
고. 어머니의 단골인 콩나물 집 할머니는 딸과 사위가 집을 나
가버려 외손자랑 단둘이 살고 계셨다.

"할머니! 콩나물 주세요."

"오냐, 엄마 심부름 왔구나 착하기도 허지……."

할머니는 주름지고 땟국 저린 손으로 성큼성큼 시루에서 콩
나물을 뽑으셨다.

"됐다. 조금 더 주……."

"아니, 할머니 안 돼요. 엄마가 그냥 오랬어요."

나는 얼른 돈을 드리고 뛰다시피 하여 시장을 빠져 나왔다.
그때마다 왠지 착한 일 하는 기분이었다.

"두부 사려, 두부."

두부 사라는 땡그랑 종소리가 골목에서 들려 오면 어머니는
두부 장사 할머니를 집으로 부르셔서는 두부도 사고 따뜻한 밥
도 차려 드렸다. 할머니는 치아가 하나 없는 입술을 오물거리며
고마워하셨다.

"애기 엄마, 잘 먹었소. 나 오늘 죽어도 한이 없것소."

어머니는 주일 헌금 중에서 절반은 동전으로 바꿔 교회 입구
에 앉아 있는 걸인이나 장애자들에게 나누어 주셨다.
"교회한테만 바친다고 좋다냐? 이것도 다 하나님께 드리는 것
이여."

큰오빠 초등학교 때의 일이다. 오빠는 학교가 파한 후 심심한
마음에 발로 돌을 차며 큰길을 걸어오다가 길가에 앉아 있는 걸
인 할아버지의 깡통을 넘어뜨려 버렸다.
"어떤 놈의 짓이냐? 잡히면 가만 두지 않을 거다."
할아버지는 쩌렁쩌렁 외치며 분개하셨다. 오빠는 나무 뒤에
숨어 떨기만 했다. 이튿날부터 오빠는 할아버지가 무서워 그 길
로 다니질 못했다.
"아야, 길환아! 너 요즘 왜 이렇게 늦게 오냐. 학교에서 무슨
일이 있냐 응?"
어머니의 물음에 오빠는 머리를 긁적이며 자초지종을 말씀드
렸다.
다음날, 어머니는 걸인 할아버지를 찾아가 사정을 했다.
"할아버지, 죄송합니다. 우리 아들이 워낙 개구쟁이라서……

그래도 할아버지 밥그릇을 고의로 그럴 애는 절대 아닐 것이요. 긍께 한 번만 용서하시고 이 길로 다니게끔 해주시요잉! 아, 그 놈이 이 길을 놔두고 삥 돌아 집에 오니 얼마나 멀것소."

"아짐씨가 오셔서 빈께 내 그리하오만 나, 정말 화났어라."

큰오빠는 다시 큰길로 다니게 되었다. 며칠 후, 어머니는 헌 옷 한 보따리를 싸 가지고 할아버지를 찾아가 감사드렸다.

부침개가 먹고 싶다고 졸라도 옆집과 나누어 먹지 못할 것 같으면 해 주지 않았던 어머니. 고소한 기름냄새 풍겨 놓고 자기 가족끼리만 먹는 것은 사람이 할 노릇이 아니라며 고개를 흔드셨다.

시골 친척들은 부잣집 작은아버지 댁보다 넉넉지는 않지만 우리 집에 묵는 게 편하다며 자주 찾아왔다. 어머니는 밥을 지을 때마다 없는 반찬이지만 사람이 찾아오면 따뜻한 밥이라도 있어야 한다며 아직 오지 않은 손님 몫까지 챙기셨다.

우리들은 어머니로부터 공부하라는 말씀은 거의 듣지 못했다. 다만 '정직하게 살거라', '엄마는 거짓말하는 게 제일 싫다' 라는 당부만을 수시로 들으며 자랐다.

나는 부모에 대한 원망이 컸다. 하고 싶은 것이 많았던 사춘기 소녀 때는 부잣집 딸로 태어나지 못하고 가난한 집에 태어난 것을 불행한 운명처럼 한탄했다. 그러나 나이가 들면서 남을 속이지 않으며, 자기 처지에서 선을 행하며 사신 부모님이 고맙고 자랑스러웠다.

나는 술을 좋아한다.
그것도 막걸리로만
아주 적게 마신다.

술에 취하는 것은 죄다.
죄를 짓다니 안 될 말이다.
취하면 동서사방을 모른다.

술은 예수 그리스도님도 만드셨다.
조금씩 마신다는 건
죄가 아니다.

인생은 고해다.
그 괴로움을 달래주는 것은
술뿐인 것이다.   「술」천상병

귀 신

어릴 적 들은 이야기엔 귀신들이 참 많았다. 뒷모습은 사람과

똑같은데 앞을 보면 눈, 코, 입이 없어 얼굴이 맨들하다는 달걀 귀신을 비롯하여 빗자루 귀신, 빨간손 귀신 등의 이야기를 동네 언니는 조무래기 우리들을 모아 놓고 온갖 몸짓을 해가며 들려 주었다. 우리는 대낮에도 이불 속에 얼굴만 빠끔히 내놓고 동네 언니가 해주는 귀신 이야기를 들었다. 이런 이야기를 듣고 나면 방에서 나가기가 겁났다.

어머니는 정말 귀신을 보았다고 했다. 그 순간에는 몰랐는데 두고두고 생각하니 하얀 치마 저고리를 입고 빨래하던 그 여자 가 틀림없는 귀신이었단다.

서울 미아리 고개를 넘어 달동네에서 살던 때였다. 산등성이 에 있는 무허가 집들은 대부분 사업에 실패하여 고향을 등진 사 람들이 모여 사는 곳이었다.

셋째 오빠 손을 잡고 어둑어둑한 미아리 고갯길을 건널 때면 어머니는 걸음을 빨리 했다. 산 넘어 집에서 엄마가 오기만을 기다리고 있을 자식들 때문이기도 했지만 밤에 산길을 걷자니 마음 한구석에서 무서운 생각이 엄습해왔기 때문이었다. 같이 가는 동행자라도 만나면 좋으련만. 어린 아들 손을 잡은 어머니 의 왼쪽 손목에는 더욱 힘이 갔다.

어렴풋이 물소리가 들렸다. 다리 있는 곳까지 온 것이다. 막 건너려는데 다리 밑에 앉아 빨래를 하고 있는 여인이 보였다.

하얀 한복에 머리는 낭자를 한 모습이었다. 어머니는 사람을 만났다는 반가운 생각에 먼저 말을 붙였다.

"웬 빨래를 밤에 하나요. 달빛이 밝아서 다 보이지요?"

여인은 아무 대꾸도 하지 않았다. 또 한 번 말을 걸었지만 얼굴도 들지 않고 빨래 방망이만 두들겼다. 어머니는 더 이상 묻지 않고 걸었다. 다리만 건너면 집은 가까웠다. 대문 앞에 다가서는데 어머니는 갑자기 소름이 오싹 끼쳤다. 그 여자가 사람이 아니라는 생각 때문이었다.

그 옛날, 나는 귀신 이야기는 들었지만 눈으로 본 적은 없었다. 그런데 그 후 한참 지나서 신물나도록 귀신을 볼 수 있었다. 빗자루 귀신도, 달걀 귀신도, 변소 밑에서 불쑥 나온다는 빨간 손 귀신도 아닌, 셋째 오빠에게 붙어 있는 술귀신을. 그 귀신은 한 번 달라붙더니 거머리처럼 떨어질 줄 모르고 있다. 아니 이젠 오빠가 술귀신에게 목매달고 있는 격이다.

언제쯤 저 술귀신이 사라지려나.

들풀은 들풀끼리 서로가 어우르고
강물은 강물끼리 만나서 흐르듯
인연의 연실에 얽혀 살아가는 우리들.

생각 끝에 와 닿는 하나의 연서처럼
언제나 깊이 모를 떨림으로 다가와
갈대로 흔들리면서 바장이는 우리의 삶.

너의 가슴께에 자리하는 꽃으로
이제 다시 호젓한 산길을 가다가
주름진 나이로 서서 잎 하나를 떨군다.   「삶」 전원범

인생의 운

　어찌 보면 인생은 굽이굽이 산들을 쌓아 가는 것인지도 모른
다. 한 사람이 삶으로써 쌓은 산들은 고통과 기쁨으로 아로새긴
눈물 젖은 아름다운 능선이 아닐까. 힘겹게 오를 때가 있으면,
가볍게 내려갈 때가 반드시 있는 산처럼 우리 인생에도 절망이
지나면 희망의 순간도 반드시 있다.

어머니는 자신의 삶을 "나는 만고풍산을 다 겪었다"고 표현하신다. 그러면서도 험난한 인생길이었지만 사람에겐 몇 번의 운이라는 게 꼭 따른다는 것을 당신의 경험을 통해 믿으신다. 그것을 증명하기라도 하듯 지금부터 40여 년 전의 일을 이야기하실 때는 평소보다 한 옥타브 높은 목소리로 마치 어제 본 드라마 줄거리를 빠짐 없이 전하듯 흥분을 감추지 못하신다.

선구점을 경영하다 빈털터리가 된 아버지는 자신의 고향으로 떠나고 어머니는 또 다시 자식들을 이끌고 친정집으로 들어가야 했다. 그 때 생활은 하루하루 끼니 잇기도 힘든 나날이었다.

그 해 음력 6월에 나를 낳으신 어머니는 그 때가 여섯 자식을 낳은 중 가장 배고픈 시절이었다고 한다. 어머니는 슬픈 표정으로 그 때를 회상하신다.

"애기는 낳아버려 배는 허전하고, 쌀이 없어 싸래기로 밥을 해먹으니 무슨 힘이 있어야지…… 그러면서도 난 늘 먹기 싫다고 핑계를 댔어. 자식들 더 메길라고."

추운 겨울이 다가와도 남편에게선 돈은커녕 어떤 기별도 없었다. 할 수 없이 어머니는 돌도 지나지 않은 갓난아이를 등에 업고 당장 입을 옷만 챙겨들고 무작정 배를 탔다. 아이는 멀미로 인해 먹던 젖을 다 토했다. 힘이 없어 울지도 못하는 젖먹이를 가슴에 안고 어머니는 어서 배가 부두에 닿기만을 기다렸다.

유리가 떨어져나간 선실 창문에선 소금에 저린 바닷바람이 들어와 어머니의 심란한 마음을 더 절여 놓았다.

배는 무사히 육지에 도착했다. 남편은 뱃머리 근처의 어느 집 처마 끝에서 잡화상을 하고 있었다. 그러니까 남의 집 지붕을 밖으로 길게 내어, 방 한 칸과 조그마한 공간을 마련했던 것이다. 남편의 그 꼴이 처량하기 짝이 없었다. 가게라는 곳을 들여다보니 거기엔 올망졸망 여러 물건들이 가게 모양새를 갖추고 있었다. 그것을 회상하며 어머니는 말씀하신다.

"하꼬방 같은 가게를 들여다보니 과자랑, 사탕이랑, 애기들 교복에다, 사기 초꽂이, 고무신, 여자들 화장품이며 뭐, 이것저것 없는 게 없이 다 있었어. 난 그 이튿날부터 가게를 보는데 장사가 기가 막히게 잘 되어 밥 먹을 틈이 없었지야. 하루 종일 너를 업고 물건을 팔면서 곰곰이 생각하니, 왜 니네 아버지가 돈을 부칠 수 없었나를 이해하게 되더라."

밑천이 없이 시작한 장사였기에 날마다 파는 돈을 집으로 보내버리면 새로운 물건을 갖추어 놓지 못하기 때문이었다. 아버지는 최대한 지출을 줄여야 했다. 장사 수단과 필체가 좋은 아버지는 필요한 물건의 명단을 자세히 적어 뱃사람들에게 약간의 품삯과 함께 건네주었고 그들은 그 물건들을 도매로 해왔다.

"저녁마다 돈을 세면 그 때 돈으로 삼만 원이 넘게 팔았지야. 일원 짜리 종이돈이 있었을 시상에 말이다. 돈버는 재미 때문에 떼어놓고 온 자식들도 잊어버려 지더라. 그러나 생활은 말이 아니었지야. 부엌도 없어 너를 업고 남의 집 처마 밑에서 밥을 하자면 위에서 고드름 물이 떨어져내려 아궁지로 스며들어가 불이 꺼지기 일쑤고……. 그래도 난 너네 아버지한테 몇 번이고 당부했었다. 길환이 아버지, 우리 꼭 여기서 돈 벌어 나갑시다잉? 밤이면 우리 자식들 보고 싶어 잠이 안 오지만 당신하고 나하고 몇 년만 고생하면 우리 새끼들 모두 다 대학까지 보낼 수 있을 것 같소. 그렇께 절대 딴 생각하지 마시오잉?"

2년 동안 어머니는 남편 곁에 머물렀다. 하루도 잊지 못하는 자식들에게는 인정 많은 뱃사람들을 통해 식량도 보내고 편지도 띄워 엄마 소식을 전했다.

"그 때 다니던 배 이름이 '남일한' 하고 '남대화' 였지야? 어째 그렇게 세월이 흘렀어도 안 잊혀지는지……. 난 뱃사람들에게 편지와 보따리를 부탁했지야, '아저씨! 우리 아그들 나오면 이것 쪼깐 잘 전해 주쇼잉? 그것들이 얼매나 에미가 보고 싶겠소' 하면서……. 식량자락에 이것저것 자식들이 좋아라 할 과자 같은 것도 넣고 해서 보냈지만…… 자식들 보고 싶은 맘은 말로 다 못하지야."

어머니는 금세 주르륵 눈물을 흘리신다.

"오메, 그 때 네 살인가 다섯 살인가 했던 우리 석환이를 생각하면…… 낮에는 물건 파느라 잊어버리면서도 밤이면 보고 싶어서 맘 고생했던 일은 말로는 다 못한다."

어머니는 떼어놓고 온 자식들 중 가장 나이 어렸던 셋째 오빠가 제일 마음에 걸리고 그리웠다.

"그놈 귀공자같이 생긴 놈, 저놈 키워놓으면 호강하겠다고 동네 사람들이 다들 말했던 내 새끼. 칠흑 같은 밤이면 파도소리가 철썩철썩 처량하게 들리고 바닷물이 빠지는 쏴—아 쏴—아 소리에…… 누워서 많이도 울었다."

이제는 잊어버릴 수도 있는 세월 저편에 밀려 있는 그 때의 사연을 들을 때마다 나도 왜 그리 눈물이 나는지 모르겠다.

어머니는 '여기서 우리가 돈을 벌지 않으면 절대 안 된다. 우리는 큰 도매가게를 할 때까지 꾹 참고 견뎌야 한다' 며 입술을 깨물었다. 날이 새면 어머니는 모든 걸 잊고 물건을 팔았다. 손님들은 끊이지 않고 찾아왔다.

"어른이고 아이들이고 아주 머언 곳에서도 우리 가게를 찾아왔었어. 어떤 애기는 십리 길을 걸어서 오더라니까? 초등학교 다니는 애기들이었지만 난 그게 너무 고마워서 '아가, 여기까지 왔냐?' 하면서 사탕 하나라도 더 주면서 '잘 가' 하고 손 흔들어

주면 또 그것을 좋아라 하고. 동네에 가서는 그 아줌마 참 좋다
소문을 내어 또 오곤 하더라. 시골사람들은 시상에 물건값
몰라."

어머니 렇게 말씀하시면서 그 때가 우리 집에 찾아온 인
생에 한두 번 가 말까 한 운이었다고 장담하신다. 또 그 때
'돈은 쓰기보다 가 더 쉽다' 는 것을 체험했다고 하신다.

어머니 말씀에 의 아버지는 그런 인생의 복을 방망이로
꽉꽉 깨버리시더란다. 사가 잘 되는 것을 시기하여 가게 터를
비워달라는 주인집 듣고, 아버지는 홧김에 그 즉시 새집
지을 계획을 세웠다. 러나 물건을 사러 오는 손님들은 배를
타러 뱃머리에 나온 들이 거의 대부분인데 새로 지으려는
집터는 뱃머리에서 멀었다. 어머니는 아버지를 극구 말렸
다. 아무리 내 손님이 집 찾아온다고 하여도 그렇게 거리가
멀면 오지 않는다. 니 남의 세를 얻어서 장사를 하더라도
뱃머리에서 가까운 자리를 잡아야 한다고.

그러나 아버지는 뜻이 있었다. 이번 기회에 보란 듯이
큰 집을 지어서 상처 은 자존심을 살리고자 하는 데 더 큰 목
적이 있었다. 하지만 건 너무 시기상조인 계획이었다. 돈은
좀 벌었다 하지만 그 집을 짓기에는 턱없이 부족하여 남의 빚
을 얻었기에 이자에 자는 날로 불어만 갔다. 어머니 말씀대로

가게 손님은 파리 날리듯 하나 둘 찾아올 뿐이었다.

아버지의 운은 이렇게 슬며시 그 꼬리를 감추고 말아 또 다시 험난한 오르막 산길을 넘어야 했다.

세월이라는 물결에 흘러흘러 내 나이 나도 모르는 사이에 불혹을 넘었다. 어머니의 경험처럼 나에게도 내 인생의 확실한 전환점 같은 순간이 있었다. 그리고 어머니 말씀을 그대로 믿는다면 아직도 나에겐 한두 번의 운이 기다리고 있다. 나는 아버지처럼 방망이로 팍 깨버리는 인생의 실수는 하지 않으리라. 좀 더 앞으로 나아갈 수 있는 깨달음의 순간으로 삼으리라.

그러고 보면 참으로 하느님은 공평한 분이시다. 그 분은 어떤 특정한 사람에게만 좋은 것을 주지 않으시고 모든 이에게 고루고루 주신다. 다만 그 은총의 기회를 어떻게 관리하고 이용하여 자신의 인생을 펼쳐 나가느냐 하는 문제는 오직 그 사람의 자유이며, 그 결과 또한 온전히 그의 탓이며 책임일 것이다.

아버님 돌아가신 후

남기신 일기장 한 권을 들고 왔다

모년 모일 '종일 본가(終日 本家)'

'종일 본가'

하루 온종일 집에만 계셨다는 이야기다

이 '종일 본가' 가

전체의 팔할이 훨씬 넘는 일기장을 뒤적이며

해 저문 저녁

침침한 눈으로 돋보기를 끼시고

그날도 어제처럼

'종일 본가' 를 쓰셨을

아버님의 고독한 노년을 생각한다

나는 오늘

일부러 '종일 본가' 라 해보며

일기장의 빈칸에 어떤 글귀를 채워넣던

아버님의 그 말할 수 없이 적적하던 심정을

혼자 곰곰이 헤아려보는 것이다   「아버님의 일기장」 이동순

가을에

아버지! 생각납니다.

명절이면 아버지는 제 옷을 살 때, 항상 잊지 않고 조카 미숙이 것도 꼭 챙기셨지요.

주황색 나일론 잠바도 두 벌.

색동 양말도 두 켤레.

흰 줄무늬가 가슴팍에 크게 그어진 빨간 스웨터도 두 벌씩 말입니다. 대구에 출장을 다녀 오셔서는, 이윤복의 학교를 일부러 찾아가 기부금을 내셨다고 했을 때, 전 아버지가 정말 자랑스러웠습니다. 소년 가장 윤복이는 그 당시 학교에서 보여준 '저 하늘에도 슬픔이' 라는 영화의 주인공이었지요.

어머니는 늘 언니 편, 그러나 아버지는 약자인 작은딸의 옹호자. 그래 저도 아버지 어머니 싸우실 때 가끔씩은 의리 있게 아버지 편이 되었습니다.

아버지!

저는 요즘 건강을 위해 콩을 먹고 있습니다. 빈 속에 안주도 없이 약주만 드셨지만 잔병치레 없으셨던 아버지의 건강비결은 자주 콩을 볶아 드셨기 때문이라 봅니다.

월급날 고급 담배를 사드리면, 다음날 단골 가게에서 가장 싼 값의 담배로 바꿔 피시던 일, 저도 알고 있습니다.

바다가 있는 고향 땅에 묻히길 원하셨지만 자식들에게 양보 하시어 서울 근처 땅에 잠드셨는데 정말 잘 하셨습니다. 그 먼 뱃길을 따라 찾아 뵙는다는 게 보통 효자 효녀가 아닌 이상 쉬 운 일이 아니지요.

아버지가 이 세상을 하직하는 그 순간, 이 불효 딸자식의 뇌 리에 무슨 생각이 스쳤는지 아시나요?

'나 시집간다면 누가 내 손을 잡고 예식장에 들어가지?' 하는 걱정이었습니다.

그러니 순전히 자기밖에 모르는 게 자식인가 봅니다.

아버지!

어머니는 잘 계십니다.

살아생전 두 분께선 그리 좋은 금실도 아니었건만 어머니는 좋은 일, 궂은 일 생길 때마다 아버지가 그리 보고프시답니다. 부부의 인연이란 그저 아리송할 뿐입니다.

선명한 사진 한 장 제대로 남겨 놓지 않으신 아버지!

제 바느질통 안에는 아버지의 손때가 묻은 작은 구둣주걱이 들어 있지요. 뚜껑을 열다 눈에 띄면 앞뒤를 의미 있게 뒤적이다 눈을 감고 입을 맞춥니다.

아버지는 떠나시고…… 부엌 뒤꼍 문을 열고 저녁 설거지를
할 때였습니다. 뒤뜰에는 주인 잃은 옥수수, 가지, 고추들이 노
을빛 하늘 아래 쓸쓸히 서 있었습니다. 아, 그제야 내 곁에 '아
버지'라 부를 수 있는 분이 이 세상에 없다는 사실이 쿵하고 내
가슴을 쳤습니다.

아버지!

저는 기도 중 '주님의 기도'를 참 좋아합니다. 왜냐하면 짧은
기도를 하면서도 '아버지'란 단어를 네 번이나 부를 수 있으니
까요. 아버지, 지금 거기도 가을날인가요?

사랑···
어머니의 손은 말 대신 행동으로 보여주는 진정한 사랑이다.

서른 다섯 살

가슴 넓은 사나이,

그러나 나에겐

영원한 동생

물오른 오월 어느 날

마아가렛 송이 닮은

처녀 손잡고 와

나 장가 갈라요 했을 때

집안 식구 모두

기뻐 웃었는데,

오늘은 왜일까

눈물 나온다

부디,

서로 사랑하고

행복하길

두 손 모으며   「석진이 장가가던 날」김인숙

장가 가는 내동생

"누나! 좋은 아가씨 있으면 나 좀 소개시켜 줘."

진심인지, 아니면 농담이었는지 모르지만 남동생은 나에게 이런 부탁을 가끔 했다. 그럴 때마다 내가 하는 말은 이랬다.

"어이구, 너처럼 술에 절고 땡전 한푼 없는 남자에게 어떻게 여자를 소개시켜 주니? 누구 고생시키려구. 사람이 양심을 속이면 안 되지…… 더군다나 수도자가."

자신에게 조금도 신뢰를 주지 않는 누나의 말에 동생은 박장대소했다. 사실 내가 20대 직장 여성을 위한 기숙사를 맡고 있을 때, 생활이 건전하고 참한 아가씨를 보며 남동생 생각을 하지 않은 건 아니었다. 저 정도면 요즘 아가씨치고 괜찮다, 생각될 때마다 집안의 근심거리인 동생이 떠올랐다. 그러나 서른이 넘은 나이에 자유 분방한 생활 습관과, 장가 갈 밑천이라곤 오로지 약한 몸뚱이뿐인 남동생을 소개해 준다는 건 한 여자의 인생을 망치게 하는 것 같아 나는 두 손 털고 신경쓰지 않으려 했다. 이렇게 좀 잊어버릴 만하면 어머니의 조심스런 전화가 걸려왔다.

"아야, 아가씨 하나 골라봐라. 석진이 고것이 내 애간장은 녹여도 참, 마음 하나는 얼매나 넓은지 아냐? 지금까지 막둥이 입에서 형, 누나들 싫은 소리하는 걸 못 들어 봤다. 그리고 고것이 회사 일은 그렇게 잘한다고 난리더라…… 사실 내 이날 이때껏 아프다고 회사 쉬는 것 못 봤으니까."

동생에 대한 어머니의 변호는 자식을 좋게 보려는 변명으로 만 들렸다. 이렇게 부도수표처럼 포기 상태였던 동생이 오월 화창한 봄날, 천생연분이 될 아가씨가 있으니 장가 보내달라는 선포를 했다. 우리 집과 백년 인연이 될 아가씨는 참한 인상에 나이는 스물일곱 살이었다.

결혼 준비는 일사천리로 진행되었다. 어머니는 고운 한복을 맞춰 놓고 결혼식 날짜를 기다렸으며, 나도 그날만 생각하고 하루하루를 보냈다. 한 여자와 만나 결혼을 결정하기까지 동생은 많은 생각을 했던 것 같다. 결혼식 며칠 전, 동생은 나와 마주 앉아 조용히 말했다. 그 동안 몇 명의 여자를 사귀면서 결혼 상대자의 조건으로 제일 염두에 둔 점은 막내며느리이지만 어머니를 모실 수 있는 여자, 집안을 평화롭게 할 수 있는 성격의 여자인가를 보고 결정했다고. 그러면서 진지하게 덧붙이는 말이 누나는 내가 책임질 것이며, 누나가 언제든 자기 집을 찾아 와도 편히 쉴 수 있는 방은 항상 준비해 둘 거라고 했다. 그 때 순간적이었지만 말썽꾸러기 동생이 나에게 가슴 넓은 사나이가 되어 다가왔다.

결혼식 날, 예복을 차려 입고 입가 가득한 웃음으로 손님을 맞이하는 동생을 위해 나는 신의 축복을 간절히 빌었다. 하객들은 주례의 결혼서약문을 진지하게 듣고 서 있는 한 쌍의 젊은이를 바라보며, 저렇게 뒤통수가 잘생긴 신랑은 드물다며 머리부터 발끝까지 침이 마르도록 축복해 주었다. 그날은 동생이 세상에 태어나 원없이 칭찬을 받은 날이었다.

가끔 동생 생각이 날 때마다 동생이 총각 때 말썽 피우던 사건들이 떠올랐지만 '과거는 흘러갔다'는 유행가 제목도 있고 성서에도 이런 말씀이 있지 않던가.

"예수께서는 이 밖에도 여러 가지 일을 하셨다. 그 하신 일들을 낱낱이 다 기록하자면 기록된 책은 이 세상을 가득히 채우고도 남을 것이라고 생각된다." 『요한 복음』 21:25

좋은 일만 하셨던 예수님의 업적도 이렇게 간단히 마무리 지었는데 하물며 동생의 철없던 과거가 무슨 가문의 영광이라고 나열하겠는가. 다만 살아온 지난 경험들이 앞날이 구만리 같은 한 젊은이의 미래에 좋은 체험으로 살아 움직이길 바랄 뿐이다. 뭐니뭐니해도 이 세상에 둘도 없는 내 사랑, 내 동생이기에.

한동안 나는 동생의 새로운 호칭을 부르며 즐거워했다.

"여보세요?"

"네, 전화 바꿨습니다."

"새, 새신랑님이세요?"

"하하하. 누나야?"

울고 왔다 울고 가는 설운 사정을
당신이 몰라주면 누가 알아주나요
알뜰한 당신은 알뜰한 당신은
무슨 까닭에 모른 체 하십니까요

만나면 사정하자 먹은 마음을
울어서 당신 앞에 하소연할까요
알뜰한 당신은 알뜰한 당신은
무슨 까닭에 모른 척 하십니까요   '알뜰한 당신' 이부풍

여행

　세 오빠들은 모두 기타를 잘 쳤다. 당시 세계적으로 유명했던 미국의 '벤처스 악단' 기타 연주를 거의 똑같이 칠 정도였다. 음반에서 흘러나오는 화살이 날아가는 듯한 예민한 소리를 그대로 칠 정도로 오빠들은 모방 연주도 잘했다.

　뿐만 아니라 오빠들이 '목포의 눈물' 을 비롯한 옛 가요를 반주와 멜로디로 각각 나누어 연주하면 어머니는 가수 이난영 씨가 시샘할 정도로 투명하고 간드러진 목소리로 노래를 불렀다.

123

어머니는 이불 홑청을 꿰매실 때라든가, 바느질을 하실 때면 라디오에서 흘러나오는 옛 노래들을 따라 부르셨다. 그럴 때 어머니의 얼굴은 무척 행복해 보였다. 나는 어머니 옆에서 바늘에 실을 꿰어드리며 그 노랫소리를 들었다. 어머니가 가장 좋아하는 노래는 황금심의 '알뜰한 당신' 이었다.

나는 언니와 오빠들 덕분에 영화음악, 팝송, 재즈 등을 콩만 한 나이에 벌써 흥얼거리고 다녔으며 어머니의 영향으로 웬만한 옛 노래들의 가사를 지금도 거의 알고 있다.

98년 겨울이었다. 나는 어머니를 모시고 큰오빠, 새언니와 함께 설악산으로 여행을 떠났다. 멀미 때문에 가지 않겠다는 어머니께 온갖 협박과 애원을 동원하여 간신히 승낙을 받아냈다. 차에 오르기 30분 전에 드신 멀미약 덕분인지 어머니는 다행히 순조롭게 목적지까지 도착할 수 있었다. 밤에는 미리 계획한 대로 노래방을 갔다. 그러나 가기 전, 또 한 번 어머니와 한바탕 소동을 벌였다.

"느그끼리만 갔다와라. 늙은이가 가서 뭐 하것냐."

"어머니, 그러지 마시고 같이 가요. 밤에 여기 혼자 계시면 우리도 불안하잖아요."

며느리의 간곡한 부탁에 어머니는 마지못한 듯 일어나셨다.

우리 네 사람은 각각 돌아가면서 노래를 부르기 시작했으며 나는 어머니의 노랫소리를 녹음하기 위해 미리 준비해 온 작은 녹음기 버튼을 가만히 눌렀다. 그런데 눈치 빠르신 어머니는 금세 알아채셨다.

"너 뭐 하는 거냐, 나 그런 것 하면 노래 안 불러야. 늙은이 목소리 담아서 뭐 헐 것이여?"

어머니는 꼭 청개구리 같았다. 서쪽으로 가자 하면 동쪽으로 가려 하고, 동쪽으로 가자 하면 서쪽이 낫다고 떼를 쓰셨다. 하지만 나의 몇 마디 유혹의 말에 어머니는 언제 그랬느냐는 듯 금세 마음을 바꾸셨다.

나는 노래 가사 책에서 어머니가 부를 수 있는 곡은 뭐든지 찾아 앞에 대령했다. 언제 또 마음이 변하시어 안 부르겠다고 말씀하실지 모르기에 우리는 한마음이 되어 한 곡이 끝날 때마다 우레와 같은 박수와 함께 어머니를 칭찬해 드렸다. 점수판도 한몫을 단단히 해 주었다. 어머니의 노래 점수는 우리보다 월등히 좋게 나왔다. 그런데 어머니는 좋은 점수가 나오고 앙코르 팡파르가 울릴 적마다 기계가 고장이라는 둥, 당신 목소리가 옛날 같지 않다는 둥 투정을 간간이 양념처럼 치셨지만 시간이 흐를수록 노래에 흠뻑 취하시는 것 같았다.

어머니의 목소리로 '알뜰한 당신', '동백아가씨', '목포의 눈

물' 등의 노래가 테이프에 녹음이 되고 있구나 생각하니 감개무
량했다. 나도 어머니와 듀엣이 되어 '섬마을 선생님' 을 간드러
지게 불렀다. 큰오빠도 흥에 겨워 '가아아런다 떠나아려언다
어리인 아들 손을 자압고……' 하면서 구성지게 한 곡조 뽑았
으며 새언니 또한 이미자의 '열아홉 순정' 을 부르면서 우리는
가는 시간을 안타까워했다. 그런데 다 된 밥에 콧물 떨어지는
어머니의 투정이 또 시작되었다.

  "오메, 이제 그만 부를란다. 늙은이가 주책이라고 남이 욕해
야……. 시방 몇 시냐, 돈도 많이 나오것네."

  그러면서도 어머니는 노래 책에 없는 곡까지 신청하시며 왜
그 노래는 없느냐며 아쉬워하셨다. 어쩌다 당신 노래 점수가 좋
지 않게 나오면 늙은이가 너네 젊은 사람들과 같겠냐며 은근히
변명까지 하셨다.

  우리는 밤이 늦도록 노래를 불렀다. 정해진 시간이 넘었는데
기계에서 두 시간을 더 부를 수 있다는 신호가 왔다. 너그러운
노래방 사장님께서 우리에게 베푼 보너스 시간이었다.

  설악산 노래방에서는 전혀 예기치 않았던 '금방울 모녀' 라는
듀엣이 탄생하는 순간이기도 했다. 내가 들어도 어머니와 나의
음색은 너무 비슷했다. 그래 나는 즉석에서 제안했다. 가요계에
는 '마포 종점' 을 부른 '은방울 자매' 라는 그룹이 이미 있으니

까 어머니와 나는 '금방울 모녀'로 이름 짓자고.

그날 밤 침대에 누운 어머니는 흥분된 목소리로 끊임없이 나에게 이야기하셨다.

"내가 멋대가리 없는 느그 아버지 만나서 그렇지, 나도 한세상 재미있게 살 사람이었다."

올 봄에 어머니는 노인대학에서 가는 온천 여행을 다녀오신 후, 나에게 잘 다녀왔다는 보고 전화를 하셨다.

"참말로 잘해 주더라. 온천물은 미끌미끌하고 좋지. 음식점은 노래방까지 되어 있어 모두 일어나 노래 부르고 난리더라."

"그럼 어머니도 한 곡 부르지 그랬어요. 노래 잘 하시잖아." 했더니 "내가 미쳤냐. 그런 데서 노랠 부르게?" 하시며 어머니는 펄쩍 뛰셨다.

나의 책상서랍에는 '금방울 모녀'라고 적혀 있는 테이프가 들어 있다. 언젠가 어머니는 내 곁을 떠나시겠지만 이 테이프는 남아 있으리라. 나는 사실 그 때를 생각하며 어머니의 노랫소리를 녹음하였던 것이다. 하지만 다시 한 번 들어보고자 하다가도 그만 마음이 서글퍼져 지금까지 만지작거리기만 하고 있다.

테이프에 담겨진 어머니의 애창곡 '알뜰한 당신'을 먼 훗날 내가 담담한 마음으로 들을 수 있을런지…….

엄마! 보리밥 먹기 싫어 쌀밥 줘.

그때마다 엄마는 반복했다

보리보다 쌀이 많이 들어갔다고.

아니야 보리밥이야 고개 흔들면

씻을 때 보여주련? 했다.

바가지에 담겨진 쌀과 보리

어린 눈에 정말 그랬다.

어젯밤. 아홉시 뉴스

여전히. 죽었다 죽인다 했다.

그래도 난 믿는다

세상엔. 살렸다 살리자 더 많다고.

순. 보리밥 같았지만

쌀이 보리보다 더 섞였던 것처럼.   「선과 악」 김인숙

보리밥

보리밥이 싫었던 나는 '왜 사람들이 보리를
심을까, 쌀만 심으면 될 텐데……' 하는 생각을 하며 자랐다. 이

런 의문은 꽤 오래 갔다. 쌀밥만 먹고 자란 아이들은 보리밥 먹는 심정을 모를 것이며 이런 의문도 생기지 않을 것이다.

요즘 아이들은 수시로 새 옷을 입는다. 그러나 나 어릴 적엔, 추석이나 설날 같은 큰 명절에나 새 옷을 사 주었다. 그나마도 얻어 입지 못하는 아이들이 꽤 있었다.

어디 옷뿐인가. 떡도 마찬가지였다. 요즘처럼 평상시에 쉽게 먹는 음식이 아니었다. 떡국은 설에만 먹고 송편은 추석에만 먹는 줄 알고선 명절이 돌아오기만을 손꼽아 기다렸다.

명절이 가까워지면 나는 어머니를 졸랐다.

"엄마! 떡도 많이 하고 부침개도 많이 해야 돼!"

"너 말대로 뭐든지 많이 할 수만 있으면 얼마나 좋겠냐……."

어머니의 말에는 힘이 없었다. 그래도 난 치맛자락을 잡고 옆에서 음식 만들 재료를 눈으로 검사하며 졸랐다.

한 번은 떡을 하려고 어머니가 씻어 놓은 쌀 위에 몰래 새 쌀 한 바가지를 얼른 부어 놓았다. 그러나 씻은 쌀과 씻지 않은 쌀의 빛깔이 달랐기에 발각되는 건 시간문제였다. 나는 떡을 할 때 쌀을 씻어서 한다는 걸 몰랐던 것이다.

"인숙이 너가 그랬구나? 아이고 다 씻은 쌀인데 이게 뭔 짓이여?"

명절이 되면 뭐든지 많이 하라고 어머니를 조르던 딸이 지금은 아무 것도 하지 말라고 당부하면, 옛날 어린 자식의 마음을 채워주지 못하신 게 가슴 아프신지 혀를 차시며 말씀하신다.

"세상에…… 뭐든지 많이 하라고 졸라대더니만, 이제는 하지 말라고 하냐?"

중학교 때의 일이다. 추석이 내일인데 어머니가 아파 누워 도저히 일어날 수 없는 형편이었다. 할 수 없이 나는 아버지랑 음식을 장만했다. 나는 뭐든지 푸짐하게 하고 싶었다. 부침개도 나물도 많이많이, 떡쌀도 듬뿍 씻었다. 아버지는 내가 하자는 대로 오케이만 하셨으니까. 양이 많다보니 만드는 시간도 그만큼 길게 되었다. 잠은 자야겠는데 할 것은 많고……. 그래도 기쁘기만 했다.

그런데 정작 명절날 아침에 나의 온몸은 불덩이처럼 달아올라 그만 눕고 말았다. 심한 몸살이 나버린 것이다. 음식을 먹기는커녕 냄새마저도 역겨웠다.

이틀을 꼬박 앓다 새벽에 눈을 떴는데 몸이 가뿐했다. 이제 나았다는 생각과 동시에 그 맛있는 음식들을 먹지 못한 게 그렇게 억울할 수가 없었다. 방 안에는 내가 만든 음식들이 둥둥 떠다녔다.

나는 명절이 되면 무엇이든 많이 해달라 욕심 부리고, 보리밥이 먹기 싫어 투정하는 가난한 시절을 보냈다. 그러나 쌀이 보리보다 많이 들어갔다고 어머니가 확인시켜 주신 일은 훗날 나에게 큰 교훈을 남겼다.

순보리밥 같았지만 보리보다 쌀이 더 섞였던 것처럼, 이 세상에는 악한 사람보다 선한 이들이 훨씬 많다는 진리를.

서쪽 하늘 붉은 해 구름꽃 피고
엄마 잃은 갈매기 슬피 우는데
물소리 조용해진 이 강변에서
종이배가 두둥실 떠났습니다.

나 젊은 어린 개미 두분 싣고서
돛대도 아니 달고 홀로 떴어요
해저문 이 저녁에 바람은 찬데
구비구비 돌아서 어데로 가나.   「종이배」 김광윤

종이배

  내 앞에 나타나는 큰오빠의 모습은 늘 어른이었다. 그래서 큰
오빠는 엄마 뱃속에서부터 어른으로 태어난 줄 알았다. 왜냐하
면 엄마, 아버지는 태어날 때도 아버지, 엄마로 세상에 태어난
다고 믿었던 시절이니까.

  바다가 있는 아버지의 고향에 잠깐 들어가 살 때다. 어디서
왔는지 불쑥 큰오빠가 나타났다. 지금 생각하니 몹시 괴로운 심
정으로 찾아왔던 것 같다.

어느 날 아침, 내 손을 잡고 대문을 나선 큰오빠는 말없이 바닷가를 걸었다. 멀리만 보이던 산이 우리 앞을 가로막을 때까지 걸었다. 오빠는 발걸음을 돌리지 않고 산허리를 돌아 계속 걸었다.

바다는 물이 빠져나간 상태여서 잠겨 있던 바위들이 듬성듬성 얼굴을 내밀고 있었다. 오빠와 나는 바위를 징검다리 삼아 건너, 산허리 뒤쪽 반원처럼 움푹 패인 그늘진 곳에 도착하였다. 그제야 오빠는 걸음을 멈추었다.

바지 주머니에서 색종이를 꺼낸 오빠는 종이배를 만들어 나에게 주었다. 나는 빨강, 노랑, 파랑 종이배를 바다에 띄웠다. 그리곤 입김을 불어 멀리멀리 가라고 쫓았다. 물결이 출렁일 때면 약간 휘청거리긴 했어도 종이배는 그 힘에 의해 앞으로 나아갔다. 그때마다 나는 좋아서 손뼉을 쳤다. 오빠는 쉬지 않고 조용히 종이배만 만들었다. 그런데 내가 손뼉치며 환성을 울려도 오빠는 덩달아 기뻐하지 않았다.

하늘이 황혼빛으로 변할 때 오빠는 내 손을 잡고 다시 걸었다. 산모퉁이를 돌려 하는데 아뿔싸, 어느새 바닷물은 바윗돌을 숨겨버리고 산허리도 물에 깊이 잠겨 있었다. 오빠는 순간 당황했다. 내 마음 속에 담긴 종이배 놀이의 즐거움도 바닷물은 한순간에 앗아가 버렸다.

오빠는 나를 업고 그리 높지는 않지만 그냥 오르기엔 낭떠러지 같은 산을 직각으로 올라타기 시작했고 몇 번을 미끄러지며 실패했다. 나는 오빠 등에 업혀 두 손목으로 목덜미를 힘껏 껴안으며 떨어지지 않으려 발버둥쳤다. 간신히 비틀어진 소나무를 휘어잡고 산 위에 오를 수 있었다. 오빠는 나를 내려놓은 뒤 긴 한숨을 여러 번 쉬었다. 오빠 목덜미가 마치 기름을 바른 것처럼 번들거렸다.

오빠는 다시 나를 업었다. 산길을 걷는 동안 나는 오빠 등에 얼굴을 묻고 괜히 울었다. 눈물이 나올 때마다 오빠가 알까봐 얼른 손등으로 훔쳤다. 시린 눈을 뜨면 노을빛 하늘만 보였다.

큰오빠와 아버지 사이에는 늘 갈등이 있었다. 오빠의 꿈을 환쟁이로 취급하며 무작정 반대만 하시는 아버지 때문에 오빠는 괴로워했다.

그 날 오빠는 종이배에 자신의 꿈을 실어 멀리 떠나 보내지 않았을까? 종이배가 멀어질수록 오빠는 철없이 손뼉치며 좋아하는 여동생 뒤에서 괴로워했을지도 모른다.

하마터면 물귀신이 될 뻔했던 그날을 회상하며 나는 큰오빠의 외로운 투쟁을 되새겨본다.

성체 안에 계시는 착한 예수님
착한 아이한테만 오신다지요
고운 마음 가지고 모시려 하니
내 맘에 오시어 기쁨 주소서

하느님의 생명을 주시는 성체
마음 예쁜 아이만 모신다지요
크신 사랑 본받아 생활하도록
내 맘에 오시어 살아주소서

성 체

미사 때, 주님의 몸을 모시고 자리에 앉아 잠시 눈을 감는다.
입 속에 들어 있는 성체가 치아에 닿지 않고 사르르 녹도록 조
심스레 혀를 움직인다.

"언니! 말해 봐. 아까 그게 뭐냐구?"
언니는 정색을 하고 말했다.
"으응, 그거…… 예수님 몸이야. 함부로 깨물면 큰일나는 거

야. 피가 질질 난다. 어떤 신부님이 그게 진짜 예수님의 몸인가 아닌가 의심이 생겨 한 번은 콱 깨물었는데 글쎄, 그 속에서 시뻘건 피가 줄줄 났대. 침으로 살살 빨아먹어야 돼. 진짜 예수님 살이야."

초등학교 때, 언니 손을 잡고 처음으로 성당 갔던 날은 그 해 성탄 전날 밤이었다. 하늘에선 펑하고 하얀 눈꽃이 터지더니 사방으로 번져 땅으로 쏟아졌다.

내 생전 처음으로 본 뾰족 성당 건물은 마치 동화 속에 나오는 왕자님과 공주님이 사는 궁전 같았다. 성당 안에는 많은 사람들이 빼곡이 들어차 있었다. 맨 앞 주변에는 꼬마 전구알 등불이 반짝반짝 빛났고, 몇몇 분들은 고깔 모자에 임금님이나 입을 것 같은 긴 옷을 입고 왔다갔다했다.

수많은 사람들은 앉았다 일어났다를 여러 번 반복하기도 하고, 오르간에 맞추어 노래를 부르다가, 무슨 말들을 서로 주고받더니 어느 순간 줄을 지어 앞 쪽으로 나가는데 언니는 몸을 숙여 나에게 귓속말로 엄숙하게 속삭였다.

"넌 나가면 안 돼. 내가 올 때까지 여기 가만히 앉아 있어. 알았지?"

나는 주눅이 들어 고개를 끄덕거렸다. 앞으로 나간 사람들은 뭔가를 입으로 받아먹고는 한결같이 두 손을 모으고 경건한 모

138

습으로 들어왔다.

'저게 뭘까. 왜 나는 못할까.'

나는 왠지 창피하다는 생각까지 들었다.

미사가 끝나고 나오자마자 나는 언니에게 막 조르며 물었다.

"언니! 아까 그게 뭐야? 언니도 먹었어? 응?"

언니는 내 소리를 들으면서도 그 날 내가 계단에서 헹여나 미끄러질까봐 신경을 쓸 뿐 금방 대답해 주지 않았다. 언니는 집에 돌아와서야 말해 주었다. 그것은 예수님의 몸이라고.

"너, 그거 아무나 먹는 게 아니야, 예수님 몸이기 때문에 절대 깨물어서도 안 되고, 의심해도 큰일나."

나는 예수님을 받아 먹을 수 있는 언니가 훌륭해 보였으며 부럽기도 하고 또 얄미웠다. 어린 나는 그 날 굳게 결심했다.

'치, 자기만 잘났나 뭐? 나도 꼭 예수님을 먹을 거야……'

주님을 모실 때마다 나에게 '성체교리'를 단단히 가르친 언니 덕택에 입 속에 들어 있는 성체가 치아에 조금만 닿으려 해도 나는 속으로 움찔한다.

비오는 날
아이가 창 밖으로
얼굴을 쏘옥 내밉니다

"아니, 얘가?
너 뭐 하는 거야?"
깜짝 놀라 달려온 엄마에게
아이는 웃으며 대답합니다

"엄마, 나도 클 수 있는 거지?
나도 새싹처럼 비를 맞으면
더 빨리 클 수 있는 거지?"   「크고 싶은 아이」 이해인

어론

유치원 원아 두 명이 현관 앞에서 말씨름을 하고 있다.
"넌 여섯 살이지? 난 일곱 살이다!"
"아니야! 나도 일곱 살이야."
"아니다! 난 내년에 학교 가지만, 넌 못 간다!"

"싫어, 나도 학교 갈 수 있어."

옆에서 듣자하니 슬그머니 웃음이 나온다.

4남 2녀 중, 다섯째로 태어난 나는 줄줄이 나이 차이가 많은 세 명의 오빠들과 언니 틈에 자라면서 그들처럼 빨리 어른이 되고 싶었다.

언니, 오빠들은 나만 보면 잔소리만 하는 것 같았다.

세수를 하고 있으면 '얼굴만 닦지 말고 목덜미도 씻어라', 좀 나가 놀다 오면 '왜 놀기만 하느냐 엄마 설거지 좀 도와드려야지' 하면서 말이다. 내가 자기들 이야기에 관심을 보이면 넌 몰라도 되는 일이라며 따돌렸다. 그래서 나는 빨리 언니, 오빠들처럼 이래라저래라 간섭받지 않는 어른이 되고 싶었다.

67년, 그러니까 초등학교 3학년 시절이다. 시험공부를 한다고 책상에 앉아 있는데 나를 제외한 집안 식구들은 라디오 앞에 모여 농구 중계방송을 듣느라 야단이었다. 그 중계는 박신자 선수가 맹활약했던 체코에서 열린 세계 여자농구 선수권대회 결승전이었다.

"조국의 동포 여러분! 지금 대한의 딸들은 체코의 하늘에 태극기를 휘날리기 위해 온 힘을 쏟고 있습니다. 장하도다! 대한의 딸이여."

지금은 미국에 살고 있다는 이광제 아나운서의 가슴이 찡 울리는 목소리에 가족들은 혼이 빠져 있었다.

"골—인, 골인 됐습니다. 골인 됐습니다."

한골 한골 들어갈 때마다 아나운서는 현장에서 정신없이 흥분을 하였으며, 우리 가족들은 지붕이 떠나갈 정도로 함성을 질렀다. 그러니 내가 무슨 공부가 되겠는가. 그저 엉덩이로 의자만 따뜻하게 데우고 있을 뿐이었지 나의 온 신경은 농구대회 쪽에 가 있었다. 책을 덮자니 내일 시험이 걱정되어 함께 어울려 응원을 할 수 없는 내 처지가 꿰다 논 보릿자루처럼 외로웠다. 내 옆에서 손뼉을 치며 환성을 지르는 어른들은 이 세상 근심 걱정이란 아무 것도 없는 사람들 같았다.

'얼마나 좋을까 어른들은…… 공부도 하지 않고.'

어른은 자기네들끼리만 통하는 것 같았다. 언니는 좋은 영화를 보고 온 날이면 그날 밤 어머니께 자세히 이야기해 주었다.

한 번은 언니가 맹인 부인이 집에 들이닥친 강도와 싸워 이기는 외국 영화 줄거리를 손에 땀을 쥐게끔 실감나게 어머니께 전달하였는데, 나는 이불 속에서 잠든 척하며 얘기의 파편들을 주워들었다. 어린 내가 어른인 두 사람 사이에 끼어들면 방해가 될 것 같았다.

그 영화의 제목은 '어두워질 때까지' 이며, 여자 주인공의 이름은 '오드리 헵번' 이라는 걸 알게 되었을 때 나는 훌쩍 커 버렸다.

"늦었어요. 빨리 들어오세요."
　내 말에 정신이 든 두 원아는 그제야 신발을 벗고 교실로 향한다. 내년에 학교 간다고 뻐기던 꼬마는 쏜살같이 달려가는데 여섯 살 꼬마는 풀이 죽어 터벅터벅 걷고 있다.

　나는 지금 수도자라는 신분으로 어른의 어른이 되어 살아가고 있다. 나보다 훨씬 나이가 많으신 분들이 나를 찾아와 고민을 털어놓고 위로와 조언을 받으신다. 어른이 되고파 했던 나의 소원을 곱으로 이룬 셈이다. 그럼에도 불구하고 한가닥 두가닥 흰 머리카락을 발견할 때는 누가 볼까봐 숨기고 싶고, 마음은 산모퉁이에 핀 들국화처럼 쓸쓸하기만 하니 웬일일까.

어둠 속에서도 언제나 길 찾아 흐르는 강물처럼

가꾸지 않아도 곧게 크는 숲 속 나무들처럼

오는 이 가는 이 없는 산골짝에 소롯소롯 피는 꽃처럼

당신은 그곳에서 나는 여기서 우리도 그같이 피고지며 삽니다

'당신은 그곳에서 나는 여기에서, 도종환

사연

어머니와 얘기를 나누다 보면 희귀한 어휘들을 많이 배운다. 착실한 사람을 '잠근 문에 열쇠' 라 한다든지 센스 있게 일을 척척 잘하는 사람을 '아주 입에 세구먼?' 하신다. 또 무엇이 드물게 있다를 '흰쌀에 뉘여' 라고 하신다. 어머니 세대만이 쓸 수 있는 표현 방법이 나에겐 은어(隱語)처럼 들린다.

어머니의 손때가 묻은 살림엔 여러 추억과 사연이 담겨 있다. 장롱 서랍을 열면 십오 년 전, 막둥이 아들이 군에서 어버이날에 보내준 큰 타월이 있다. 오뚝이 모양이 가운데 새겨진 그 주황색 타월을 어머니는 내게 펼쳐 보이며 말씀하신다.

"막둥이 고것, 장가가서 첫아기 나면 기념으로 덮어줄라고 이때껏 안 쓰고 놔뒀다."

아파트 뒤쪽, 베란다 선반 위에는 밑부분이 까맣게 된 조그마한 양은솥이 올려져 있다. 빨래 삶는 그릇으로도 쓸 수가 없으니 버리자고 하면 어머니는 손을 저으며 말리신다.

"쓸모 없어도 거기 놔둬라. 그 솥단지는 너네 아버지가 객지 생활할 때 혼자 밥해 먹던 솥이라 못 버린다."

옛날 고리짝에나 담겨 있을 것 같은 빨간 이불 천을 버리자고 하면,

"워메, 너 살림 망해 먹것다? 이런 공단 천은 요즘 눈 씻고 봐도 없어야." 하시며 얼른 내 손에서 빼앗는다.

하찮은 물건에도 어머니가 버리지 못하는 이유가 붙어 있다. 장롱 틈새나 싱크대 사이에 꽂아 놓은 종이와 봉투들. 내 눈에는 지저분하게만 보이는데 어머니는 다르다.

"다 모아두면 쓸 데가 있지야. 이렇게 깨끗한 종이를 그냥 버리면 죄 받아야."

떨어진 걸레조각도 신발 벗어 놓은 현관 바닥을 닦으면 좀 좋으냐 하시며 행여 버릴까봐 얼른 숨기신다.

막내아들이 장가를 가버리자 하루 종일 아파트에 덩그렇게 혼자 계실 어머니가 걱정이 되어 나는 조심스레 말씀드렸다.

"어머니! 시간 나는 대로 살아온 인생 이야기 좀 써 보세요. 글도 잘 쓰시잖아."

"아이고, 내 살아온 걸 책으로 엮으면 몇십 권도 넘을 것이다만, 뭘 좋은 세상 살았다고 글을 쓴다냐."

"그럼, 성서를 쓰세요. 처음부터 일기 쓰신다 생각하고 조금씩만."

어머니는 이런 나의 부탁에 처음엔 무료한 시간을 메울 양으로 성서 쓰기를 시작하셨다. 그런데 이제는 나에게 고맙다고까지 하신다.

"아야, 네가 내게는 효녀다. 아따, 그것을 쓰고 있으면 시간이 홀랑 가버려야."

얼마나 다행한 일인지. 머지않아 추억과 사연만이 아닌, 어머니의 체취가 서린 한 권의 노트를 간직하리라는 생각에 나는 한량없이 뿌듯하다.

지금 어머니가 계신 작은 아파트 마루에는 땟국물이 얼룩진 선풍기가 털털털 돌아가겠지. 선풍기 바람을 쐬시며 앉은뱅이 밥상 위에 성서를 놓고 꼼꼼히 글씨를 쓰시는 어머니의 모습을 상상하니 감회가 새롭다.

키 큰 나무들 외로운 숲길
바람도
옷깃 세우며 돌아가는 길.

훌훌
저마다 마음을 털어
고스란히
하늘에 날리거나
땅에 묻는 날.

까닭도 없이 눈물이 나
뒤돌아보면,
발자국만
바스락
바스락
따라 오는 길.   「가을길」 조기호

이별

　서서히 어둠이 덮이는 산을 내려오려면 나는 몇 번씩 뒤를 돌아보곤 한다. 나무와 산을 남겨두고 나만 내려올 때 나는 내 자신이 무정해 보인다.

　사람들은 산에 올라와 '야호' 하며 놀다가도, 떠나고 싶으면 미련 없이 앉은자리 탁탁 털며 일어난다. 산은, 나무들은 이런 사람들의 모습을 그저 묵묵히 바라만 본다.

　산에게 나는 말한다.

　'산아! 미안해.'

　나는 나무에게 변명한다.

　'미안, 나무야! 다음에 또 올게…….'

　그래도 마음이 놓이지 않아 자꾸 걸으며 뒤돌아, 뒤돌아본다.

　남국의 뜨거운 화살빛 태양 아래, 야자수 나무의 커다란 잎사귀가 푸르다 못해 악에 받쳐 퍼렇다.

　이제 몇 분 후면 영원히 떠날 태양의 땅 월남. 헬리콥터 기내에 앉아 있는 큰오빠의 마음은 참참하다. 귀국을 석 달 앞두고 일어난 엄청난 일. 함께 시내 구경을 나왔던 동료 두 명이 정글 속을 걷다가 그만 크레모아를 밟아버려 오빠의 바로 몇 발자국

149

뒤에서 그들은 형체도 없이 사라졌다. 피비린내가 진동하는 숲 속을 뒤지며 친구의 흔적을 찾다 쓰러져 버린 오빠.

눈을 뜬 곳은 후송병원 침실이었다. 그때부터 살아남은 자의 고통은 시작되었다. 혼자 살았다는 죄책감과 더불어 수백 개의 총알이 그 안에 들어 있는 크레모아가 폭발하면서 오빠의 다리 에 총알 파편이 들어가 육체적 고통까지 감당해야 했다.

최악의 경우에는 다리를 절단할 수도 있다는 병원 측의 판결 을 받고 오빠는 어떻게 해서든 그 상태까지는 당하지 않으려고 안간힘을 썼다.

그 때 오빠의 가장 유일한 친구는 새끼 때부터 데려다 키운 '해피' 라는 개였다. 오빠는 자신의 심리적 불안과 초조, 그리고 환자로서의 외로움을 해피와 함께 달랬다. 평소에도 해피는 늘 오빠 곁에서 잠을 잤다. 음식도 다른 사람이 주는 것은 먹지 않 았다. 오빠가 후송병원으로 옮겨져 치료를 받을 때 해피는 식음 을 전폐하다시피 하며 오빠를 기다렸다.

둘은 어느 연인들보다 서로 사랑했다. 만나면 뜨거운 키스와 포옹을 하며……. 해피는 오빠의 아픈 다리를 핥아주고 연민이 가득한 눈동자로 마음을 읽어주었다. 하루도 빠짐없이 서로는 서로를 찾고 만났다. 그러기를 1년. 불행 중 다행으로 오빠는 별 이상 없이 퇴원할 수 있었으며 이제 고국을 향해 떠날 배를 타려고 헬리콥터 안에 앉아 있었다.

비행장까지 쫓아온 해피는 떠날 줄 모르고 꼿꼿하게 앉아 한 곳을 뚫어지게 바라보고 있었다. 가지 말라고 사납게 짖기라도 하면 차라리 좋으련만……. 그저 침묵으로 큰오빠를 떠나보내는 해피의 모습은 오빠의 마음을 더욱 아프게 하였다.

"야, 그 때 정말 마음이 아파 죽겠더라."

오빠는 해피와의 이별을 얘기하며 고개를 설레설레 흔든다.

해질녘 산과 나무들을 뒤로하고 내려올 때면 나는 마치 사랑하는 이를 남겨 두고 돌아서는 것 같은 심정이기에, 머나먼 월남 땅에서 해피와 생이별해야 했던 오빠의 아픔에 나는 깊이 공감한다.

젖은 나뭇잎이 날아와 유리창에 달라붙는

간이역에는 찻시간이 돼도 손님이 없다

플라타너스로 가려진 낡은 목조 찻집

차 나르는 소녀의 머리칼에는 풀냄새가 나겠지

오늘 집에 가면 헌 난로에 불을 당겨

먼저 따끈한 차 한잔을 마셔야지

빗물에 젖은 유행가 가락을 떠밀며

화물차 언덕을 돌아 뒤뚱거리며 들어설 제

붉고 푸른 깃발을 흔드는

늙은 역무원 굽은 등에 흩뿌리는 가을비   「가을비」 신경림

어린이 세계

오고 가는 학교 길에는 큰 도매시장이 있었는데 길 한쪽은 사거리가 나올 때까지 줄줄이 사탕으로 한복집이 이어져 있었다. 학교가 파하면 나는 그 길을 걷다가 마지막 한복 가게 옆에 붙어 있는 수예점 앞에서 자주 멈추었다.

진열장 안에는 신랑, 신부, 공주, 왕자를 비롯하여 세상에서 둘도 없이 예쁜 인형들이 작은 유리상자 안에서 모델처럼 포즈

153

를 취하고 있었다. 그 인형들의 눈은 샛별처럼 빛이 났다. 그런 반면, 유리창에 비춰진 내 모습은 궁상스럽기만 했다. 나는 진열장에 머리를 박고 서서 부러운 눈으로 인형들을 바라보았다. 그러다가 '저 인형들이 입고 있는 옷들은 실제로 벗겨질까?' 하는 의문이 생기면 나 혼자 한 벌, 두 벌 옷가지들을 세면서 벗기기 시작했다.

오봉산처럼 높이 올린 머리에서 화관도 벗기고, 뽀오얀 흰 손에 든 레이스가 달린 양산도 뺏고, 굽 높은 삐딱구두도 인형 발에서 벗겼다.

학교 길엔 구수한 빵 냄새가 나는 제과점도 있었다. 그러나 수예점 진열장 앞에서처럼 오래 머물지 않았다. 곰보빵, 팥빵, 설탕이 듬뿍 묻은 꽈배기, 하얀 크림이 올려지고 그 위에 빨강, 노랑, 주황색으로 장식된 동그란 케이크를 나는 침을 꿀꺽 삼키고 지나쳤다.

참다 못해 나는 언니에게 고백했다. 그 제과점 빵들 진짜 먹고 싶어 죽겠다고. 그런 내가 언니는 불쌍하게 보였던지 자기 월급날 제과점으로 나를 불러냈다.

"저기 가서 너가 먹고 싶은 빵 다 골라 와."

언니는 의자에 앉아 여유있게 재촉했다. 나는 좀 쑥스럽기도 했지만 기회는 이때다 하고 이것저것 손가락으로 가리켰다. 제과점 언니는 서슴지 않고 집게로 내가 원하는 빵을 집어 쟁반에 수북히 담았다.

"실컷 먹어."

나는 서투른 포크질을 하며 빵을 먹었다. 그런데 맛있게만 보이던 고급 빵들이 영 먹히질 않았다. 불량식품에 익숙해진 내 입맛에 버터, 크림이 발라진 고급 빵은 비위만 상하고 메슥거리기만 했다. 어떤 빵은 하마터면 한입 먹고 뱉을 뻔했다.

처음으로 기차를 타던 날은 가을 빗줄기가 유리창에 사선 무늬를 함부로 긋고 있었다. 기차는 마구 앞으로 달려가는데 창밖의 산과 나무, 전봇대들은 계속 나를 멀리하고 떠나갔다. 비에 젖은 나뭇잎들은 허공에서 휘청거리다 기차 유리창에 매달렸다. 그것들이 불쌍해 보여 창문을 열려 하니 어른들은 그러면 큰일난다며 내 손을 잡아뗐다. 나는 창 밖을 보지 않으려 몸을 옆으로 돌려 앉아 눈을 꼬옥 감아버렸다.

비 갠 뒤

홀로 산길을 나섰다

솔잎 사이에서

조롱조롱

이슬이 나를 반겼다

"오!" 하고 나도 모르게

손벽을 쳤다

그만 이슬방울 하나가

톡 사라졌다   「생명」 정채봉

은혜

"인숙아! 석진이가 그렇게 지그 큰누님을 챙긴다."

어머니는 대견하다는 듯 말씀하신다. 그러면 언니는 말한다.

"솔직히 그 애한테 해준 게 별로 없는데, 나를 되게 생각하는
것 같애."

언젠가 어머니께서 동생에 관한 얘기를 해 주실 때 나는 그 사
실이 예사롭게 들리지 않았다.

남동생과 나는 나이 터울이 칠 년이나 된다. 뜬금없이 동생을 벤 어머니는 쪼들린 형편에 무슨 아이를 더 키우겠냐 싶어 낙태를 하려는 독한 마음을 먹었단다. 하지만 주사 맞는 것도 겁이 나고 싫어서 아무리 아파도 집에서 참고 견디는 어머니의 심정으론 낙태는 도저히 용기가 나지 않았다. 그러나 며칠을 고민해 봐도 낳아 키운다는 건 도저히 안 될 것 같아 집을 나섰다.

"에미야, 그게 얼매나 죄짓는 일인 줄 너가 알고 그러냐? 자식 낳아 키운 에미가 그런 못된 짓을 해? 죄받는다 죄받아."

입술을 파랗게 떨며 소리지르는 외할머니를 뒤로한 채 어머니는 발길을 재촉했다. 병원 문을 여니 소독 냄새가 확 풍겼다. 긴장된 마음으로 의자에 앉아 기다리는데 방금 수술실에서 나온 환자를 실은 이동 침대가 어머니 앞을 지나갔다. 하얀 천을 덮고 눈을 감은 채 시체처럼 누워 있는 환자. 허공엔 링거병이 흔들거리고 있었다.

'나도 저 꼴이 되어 나오겠구나……. 아이고, 도저히 못하겠다.'

대문을 열고 들어오는 어머니를 보자마자 외할머니는 기다렸다는 듯 달려 나왔다.

"방에 들어가 봐라, 에미 너가 병원에 갔다고 했더니 숙경이가 아파 누웠어. 징한 년, 산 자식이 먼저 죽겠다."

언니는 어머니를 극구 말렸다.

"엄마, 그런 짓 하지 마. 그게 뭔지 알기나 해? 세상에서 제일 나쁜 짓이야."

그러나 어머니는 외할머니와 큰딸 말에 귀를 막고 있었다.

날이 밝아 오자 어머니는 또 다시 병원을 찾아갔다. 자식을 낳아 제대로 먹이고, 입히고, 가르치지 못한다면 그게 더 큰 죄라 생각되었다.

"저어—의사 선생님은······."

"예, 선생님은 아침 일찍 출장 가셨거든요. 좀 기다리면 도착하실 거예요."

"아, 예. 여기 앉아서 기다리죠 뭐."

그러나 온다던 의사는 오전이 다 가고 하루해가 지려 해도 감감무소식이었다. 어머니는 할 수 없이 또 다시 발길을 돌려야 했다. 그리고 돌부처처럼 끄덕도 하지 않을 것 같던 어머니의 마음도 결국 돌아섰다.

"그렇게 해서 저걸 낳았는데 안 낳았으면 큰일날 뻔했지? 시방 지그 큰형한테는 자식처럼 궂은일 다 하지, 지그 큰 누님한테는 말도 못하게 잘 하지······ 안 그러냐?"

어머니는 막둥이 아들이 장가가서 애까지 낳았는데도 만나면 두 손으로 뺨을 만지며 좋아하신다.

158

나는 믿는다. 그 때 언니가 울면서 애원한 기도가 어머니의 마음을 돌아서게 했다고. 그러니 내 동생에게 누님은 삶과 죽음의 기로에서 자기를 살려준 은인인 것이다. 태동 때부터 동생은 누님의 사랑을 느꼈으리라. 그래 자신도 모르게 마음이 더 가는 것이라고.

　언니는 자신이 뿌려 놓은 사랑의 열매를 지금 거두고 있으며 동생은 은연중 누님에게 그 은혜를 갚고 있는 것이다.

스승의 은혜는 하늘 같아서
우러러 볼수록 높아만 지네
참되거라 바르거라 가르쳐주신
스승의 마음은 어버이시다
아—고마워라 스승의 사랑
아—보답하리 스승의 은혜   「스승의 은혜」 강소천

선 생 님

"오빠, 그 선생님이 아직 살아 계신다고?"

언니는 큰오빠 말에 깜짝 놀란다.

"그렇다니까…… 얼마 전에 초등학교 동창들끼리 선생님을
서울로 초대했는데 아주 기뻐하시더라."

"난 우리 선생님 성함은 전혀 기억에 없어. 그런데 그 분은 알
아. 주경동 선생님이지?"

"으응, 야! 너 기억력 참 좋다야. 선생님도 너 잘 있냐고 물으
시더라."

"어머머, 그래? 아무튼 그 선생님은 못 잊겠어…… 오빠 되게
이뻐하셨잖아."

언니 옆에 앉아 계시던 어머니도 한마디하신다.

"암, 그 선생님, 너네 오빠 참 이뻐했지야? 안 이뻐했어도 선생님은 다 부모 다음인겨. 차—암 초대 잘했다, 느그들."

어머니는 그 분이 가정방문 때 해주신 '공부 잘하는 학생보다 사교성이 있는 아이가 더 장래가 밝다'는 말씀을 기억하시고 계셨다.

주경동 선생님은 초등학교 3학년부터 6학년 때까지 큰오빠의 담임을 맡으신 분이셨다. 같은 학교 1학년이던 언니는 공부가 끝나면 부리나케 오빠 학급으로 달려가 창문이나 교실 뒷문을 열고 오빠가 있나 확인하곤 했다. 그때마다 문소리가 나면 주경동 선생님은 칠판에 글씨를 쓰다가도 뒤돌아보시며 다정하게 아는 체해주셨다.

"으응, 숙경이 왔냐? 오빠 공부 아직 안 끝났으니까 조금 기다려라 이잉?"

선생님은 한 번도 왜 수업을 방해하느냐며 화를 내지 않으셨다. 그래서 언니는 눈치도 없이 날마다 가서 오빠를 찾았다.

강산이 네 번이나 변할 만큼의 세월이 흘렀건만 제자 하나하나의 이름뿐만 아니라, 그 동생의 이름까지 기억하시는 주경동 선생님, 가난한 고아들을 친자식처럼 사랑하셨다는 그 분을 나는 얼굴이나마 한 번 뵙고 싶었다.

이번 제자들의 초청에도 선생님은 폐를 끼치기 싫다며 극구 사양하시는 바람에 납치하다시피 해서 모셨다고 한다. 이제는 칠순이 넘으신 선생님께서 오십 줄에 서 있는 옛 코흘리개 제자들과 함께 술잔을 높이 들고 외치시는 소리가 귓전에 들리는 듯하다.

"영원한 우리 선생님의 건강을 위하여!"

"내 사랑하는 제자들의 무한한 앞날을 위하여!"

마음이 따뜻하신 주경동 선생님!

뵌 적은 없지만 어머니, 큰오빠, 그리고 언니를 통해 얘기 많이 들었습니다. 제자들에게 지식보다 더 귀한 사랑을 심어 주신 선생님은 진정한 교육자이십니다.

할머니는 종일 겨울 가설극장에 가 사십니다
장구장단엔 어깨춤 슬픈 연극엔 달두똥 눈물 주르르
바람이 새드는 천막 안도 참 따순가 보대요. 「겨울 할머니」 윤삼현

나이롱 극장

'나이롱 극장' 이라는 곳이 있었다. 대낮에 천막을 쳐 놓고 연극을 하는 노천극장이었다. 아이들에게는 금지 구역인 그 곳은 대부분 나이든 할머니, 할아버지가 관람 대상이었다.

얼굴에 횟뎃박을 뒤집어쓴 것처럼 짙은 화장을 한 남녀 배우들이 직접 나와 「춘향전」, 「심청전」을 비롯하여 「현대판 사랑전」도 공연했다. 그러나 그것을 한꺼번에 다 보여주는 게 아니었다. 공연 중간에 아쉽게 무대 막을 내리고는 그 사이에 약을 팔았다. 가만히 선전을 듣다 보면 그 약만 먹으면 모든 병이 낫는 만병통치약 같은 생각이 들어 몇몇 할아버지, 할머니들은 약을 사곤 했다.

학교가 파하면 나는 친구들과 그 곳을 기웃거렸지만 나무막대기를 들고 으름장을 놓는 문지기 아저씨 때문에 나이롱 극장에 들어가는 건 그림의 떡처럼 안타깝고, 하늘에 별따기처럼 어

려웠다.

그러나 우리는 절호의 기회를 노렸다. 그 찬스라는 건 약을 광고하는 순간이었는데 그 짬에는 문지기 아저씨도 잠깐 자리를 비웠으며 그때쯤이면 몇몇 할머니, 할아버지들이 자리를 털고 일어나는 어수선한 순간이기도 했다.

우리는 이때다 싶어 쫓아 들어가 가장 후미진 곳을 찾아 앉았다. 문지기 아저씨에게 들키지 않으려고 허리를 최대한 굽히고 앉았다.

나이롱 극장 주변에는 여름에도 가마솥에서 펄펄 흰 김이 올라오는 팥죽집과 막걸리집이 많았는데 할머니, 할아버지들이 고쟁이에서 쌈짓돈을 털어 여기저기 긴 판자 의자에 앉아 사 드시곤 하셨다.

나는 본의 아니게 초등학교 때부터 영화 관람을 자주 하였다. 아버지가 운영한 면직공장 기술자들은 대부분 객지 사람들이었다. 고향을 떠나 타관살이 하는 이들은 밤이면 가까운 위치에 있는 극장을 찾아 영화를 구경하는 게 즐거운 낙이었다.

이들은 명색이 사장의 막내딸인 나를 '월남 아가씨'라고 부르며 아주 귀여워했다. 깡마른 체구에 까무잡잡한 피부와 커다란 눈동자의 긴 머리 소녀였던 나를 그렇게 부를 수 있다 여기면서도 별로 듣기 좋은 소리는 아니었다. 그러나 영화관을 데리고 갈 때는 좋아라 하고 따라갔다.

당시 최고의 인기 코미디언 서영춘 씨가 주연한 '여자가 더 좋아', 눈물 없이는 볼 수 없는 '황포돛대', '들국화' 그리고 도금봉 씨가 주인공으로 나오는 그 무서운 '목 없는 미녀' 등 미성년자 관람가 딱지가 붙은 영화뿐만 아니라 그 반대의 영화도 꽤 보았다. 그러나 지금처럼 낯뜨거운 장면은 없었다. 키스 장면이 나와도 남자나 여자 주인공의 뒤통수만 보여 주었다.

얼마 전 동네 나이트클럽으로 가수 윤복희 씨가 자신의 쇼를 준비하기 위해 노래 연습을 하러 왔단다. 찬조 출연할 여러 연예인들과 무용수들도 따라 왔다고 한다.

어머니는 동네 분들과 함께 그 곳을 구경가셨단다. 가수나 영화배우 얼굴을 직접 볼 수 있다니 얼마나 호기심 나고 즐거운 일이었겠는가. 그러나 어머니는 다녀오시더니만 혀를 끌끌 차며 말씀하셨다.

"오메오메 그것들, 거지는 그런 상거지가 없더라. 시상에 모냥내고 테레비에 나올 때는 보기 좋아도 그것들 참 불쌍도 허지, 컴컴헌 데서……."

노래나 영화를 좋아하시는 어머니는 처녀 적에 벌써 '가스등' 같은 외국영화도 관람하셨다. 사람들이 몰려들어 서로 먼저 들어가려는 바람에 극장 입구에서부터 줄을 서라 외치는 극장 안내원에게 막대기로 맞아가며 간신히 들어갔단다.

얼마 전까지만 해도 어머니는 미장원엘 가시면 신문이나 여성잡지를 통해 인기 스타들의 정보를 즐겨 알아내셨다. 연예인 뒷골목 소식은 어머니께 여쭤보면 거의 알 수 있을 정도였다.

어머니는 나를 만나면 이런 질문도 하신다.

"아야, 너 김지미가 누구랑 또 결혼한 줄 아냐?"

"아니? 모르는데요."

"그런 것도 몰라? 오메, 너는 거기서 뭔 재미로 산다냐, 그런 것도 모르고?"

어머니는 기가 막히다는 듯 혀를 차신다. '도대체 그 안은 뭔 나라냐?' 하는 표정이시다.

나의 성격은 아버지와 비슷할지 모르나 정서적인 면은 어머니를 닮은 게 틀림없다. 그 점은 어머니가 자주 '멋대가리 없는 위인'이라며 흉을 보신 아버지를 닮지 않은 게 천만다행이다.

늦가을 갈잎 타는 내음의
마른 손바닥

어머니의 손으로
강이 흐르네

단풍잎 떠내리는
내 어릴 적 황홀한 꿈

어머니를 못 닮은 나의 세월
연민으로 쓰다듬은 따스한 손길

어머니의 손은 어머니의 이력서
읽을수록 길어지네

오래된 기도서의
낡은 책장처럼 고단한 손

시들지 않는 국화 향기 밴
어머니의 여윈 손   「어머니 손」 이해인

어머니의 손

어머니의 손은 말 대신 행동으로 보여주는 진정한 사랑이다.

여름날에 학교 갔다 돌아오면 어머니는 커다란 다라이에 물을 받아 목욕을 시키셨다. 내 어깨를 꽉 잡고 힘껏 때를 밀면 그렇게 매서울 수가 없었던 손.

"아야, 아야……."

아프다고 상을 찡그리면, 뭐시 그렇게 아파 엄살을 떠냐며 힘을 조금도 빼지 않았던 고추처럼 맵던 손.

행여, 당신 자식이 남의 연필 한 자루라도 탐내지 않았나 염려되어 학교 갔다오면 조심스레 필통 검사를 하셨던 손. 겨울이면 새 눈물만큼이나 적은 양의 구루무를 내 얼굴에 찍어놓고선 닭똥 냄새가 날 때까지 문질러대셨던 손. 때론 내 머리와 어깨를 사정없이 내리쳐 어머니를 미워하게 만들었던 손.

"나는 이날 이때껏 내 몸 아프다고 드러누워 자식들 밥 안 해준 적이 한 번도 없었다."

정말 그러셨다. 어머니는 틀니를 하기 위해 이를 송두리째 빼

169

고 오신 날도 마스크를 쓰시고 저녁밥을 지어주셨다. 그 때 그 밥을 당연스레 목구멍에 넘겼던 일이 두고두고 떠올라 나에게 불효의 심정을 떨칠 수 없게 만드셨던 손.

남의 보증을 잘못 서 주어 고민하는 막내아들 빚을 갚느라 이 은행 저 은행 다니시며 돈을 세던 어머니의 손.

"그 속창아지 없는 놈. 지가 무슨 돈이 있다고 남의 보증을 서, 서긴……."

화병이 날 것 같다며 뻐끔뻐끔 담배를 피우시던 손. 그러나 그 일은 벌써 잊으시고 장가 간 막내아들 뺨을 유치원 어린이 어루만지듯 쓰다듬는 어머니의 손.

"아이고, 그 때 나랑 빚 갚으러 은행 갔을 때, 이것이 비에 젖은 달구새끼마냥 고개를 푹 숙이고 내 옆에 서 있는데 얼매나 마음이 아프던지……."

목을 메시며 눈물을 닦는 어머니 손.

둘째 오빠를 잃으신 후 캐비닛 안에 걸어둔 아들 넥타이를 가슴에 안고,

"철환아! 우리 철환아! 내 아들 이제 어디 가서 만날꼬."

땅을 치며 통곡하시던 손.

없는 살림에 공장 종업원들 삼시 세끼 밥을 해 내느라 열 손가락에 동상이 걸렸던 어머니의 손.

어머니를 뵈러 가면 흰 장갑을 끼시고 수녀인 딸의 구두를 반짝반짝 닦아주시던 손.

"인숙아, 너는 혼자 사는 몸이니 어쨌거나 건강 조심해라."

당부 편지 쓰시고 날마다 나를 위해 기도드리는 손.

이 밤, 어머니는 그 사랑의 손으로 무얼 하고 계실까.

생각 한 귀 접어서

띄워 올리는 종이연

매만지던 손 끝의

허허한 자리마다

언제나 되살아오는

아버님 그 얼굴.

생애를 땅에 묻으며

나무로 서시더니

내 마음 한복판에

가지로 뻗어 와서

하나의 등촉이 되신

아버님 그 말씀. 「아버님」 전원범

사 랑

우리에게 잊는다는 것은 얼마나 어려운 일인가. 그러나 우리
는 또 얼마나 쉽게 잊고 사는가. 아무리 사랑하는 사람일지라도
시간이 흐르면 처음의 그 아픔과는 같지 않게 된다. 그렇게 못

172

잊을 것 같던 사람도 죽으면 땅에 묻고선, 살아 있는 사람은 산 자들의 길을 간다. 생전에 그들이 뿌리고 간 사연들을 가슴에 안고서.

초등학교 4학년 때 나는 원하지 않던 '부분단장'이라는 감투를 쓰게 되었다. 나는 정말 싫었다. 더더욱 종례 시간에 하신 선생님의 말씀은 나에게 근심걱정까지 안겨 주었다.

"에, 오늘 선출된 사람들은 명찰을 준비해서 내일부터 꼭 어깨에 차기 바랍니다. 알겠어요?"

그 때만 해도 반장과 분단장은 남자, 부반장과 부분단장은 여자로 정해져 있었다. 이런 사정을 모를 가족들은 내가 부분단장 명찰을 파야 한다고 말하면 "에게게, 분단장도 아니면서……." 라며 비웃을 것 같았다. 나는 기분 나쁜 걱정을 안고 집으로 왔다. '어떻게 하지? 명찰만 아니라면 말하지 않아도 될 텐데.' 해가 진 후에야 나는 찌푸등한 표정으로 먼저 아버지께 말씀드렸다.

"아부지! 나…… 부분단장 됐어. 선생님이 명찰 차야 된대."

의외로 아버지는 내 말이 끝나자마자 반색을 하셨다.

"으응, 그래? 아이구! 우리 인숙이가 공부를 잘 했구먼, 부분단장이 다 되게. 완장, 파주고 말고."

나는 그런 반응이 싫진 않았지만 기분이 좋지도 않았다. 그날, 밤이 깊었는데 아버지는 얼큰하게 취해 들어오셔서 공장 기사들을 불러댔다.

"어여 김 기사, 그리고 박 기사, 이리들 오게. 아, 오늘 우리 막내가 부분단장이 됐구먼! 나랑 술 한잔 허세나."

하시며 술자리를 마련하셨다. 진심으로 아버지는 기뻐하셨다. 나는 속으로 '아버지가 왜 저러시지? 창피하게' 하면서도 마음에 덮였던 부끄러움이 구름 걷히듯 사라졌다.

나는 다음날, 학급에서 왼쪽 어깨 위에 '부분단장' 이라고 새겨진 완장을 자랑스럽게 차고 다녔다.

추석이 다가오고 있다. 그 날이 되면 산 자들은 소리 없는 사람들 앞에 국화꽃을 꽃병에 꽂아 놓고, 정성껏 빚은 송편을 차려드리면서 생전에 그가 남긴 추억들을 담담히 나눌 것이다.

송편 얘기가 나오니 생각나는 게 있다. 나는 송편을 아무리 솜씨 있게 빚으려 해도 예쁘게 되질 않았다. 오빠들은 우람한 손으로도 송편 양끝을 살짝 올리면서 날렵한 모양을 빚어 상 위에 올려놓았다. 그 옆에 놓여 있는 내가 빚은 송편은 마치 달동네 아이가 열 손가락으로 주물럭거리다 만 것처럼 꼬질꼬질했다. 만약 아버지께 "아부지 내 송편은 너무 미워."하고 투정을 부렸다면 아버지는 뭐라고 말씀하셨을까?

아마 이렇게 대답해 주셨으리라.

"너 꺼가 밉다고? 이쁘기만 하다…… 이렇게 토실토실해야 먹는 것 같지, 우리 인숙이 송편이 최고여."

가을이 깊어지면 아버지를 뵈러 길을 떠나련다. 그때쯤이면 억새와 코스모스가 길가에 나와 아버지보다 먼저 반기겠지. 나는 길을 걷다 걸음을 멈추고 낙엽을 주워 살며시 가을 향기를 맡으련다. 그 안에는 아버지의 그윽한 담배 냄새가 담겨 있을 것이다.

행복···
사랑하는 가족이 있어, 내 삶은 더욱 반짝입니다.

기다림

큰오빠네 집, 거실 벽에 걸린 그림은 볼 때마다 따뜻한 이불 속에 누워 있는 것처럼 행복하다.

하늘엔 그믐달이 떠 있는 해질녘, 아이를 앞세우고 한 엄마가 산언덕을 내려오고 있다. 두 손을 들어 머리 위에 인 커다란 다라이를 잡고 있는 엄마의 저고리 밑쪽으론 풍성한 젖무덤이 살짝 보인다. 통통한 양다리를 뒤뚱거리며 내려오는 남자애는 서너 살쯤 된 것 같다. 아이는 얼굴을 들어 일찍 나온 달님을 쳐다보며 웃고 있다. 양쪽 볼이 잘 익은 복숭아처럼 불그레하다.

나는 동화를 읽듯 그림을 감상한다.

'대철이 엄마는 시장에서 노점상을 하는데 지금 파장을 하고 집으로 가는 중입니다. 하루 종일 대철이는 엄마랑 장터에 있었습니다. 찬바람에 대철이의 양 볼은 늘 거칩니다. 한낮에는 볕이 따뜻하게 비추는 양지 쪽에 앉아 엄마 옆구리에 기대어 졸기도 했습니다. 대철이는 시장에서 친구들이랑 딱지 치기를 많이 하여 손톱 밑이 새까맣습니다. 친구와 싸우는 날엔 엄마한테 얻어맞고선 찔찔 울기도 했습니다. 그래도 대철이는 행복합니다. 하루 종일 엄마가 옆에 계시니까요.'

178

아마 내가 초등학교 2학년쯤 되었을 것이다. 엄마가 며칠 동안 집에 계시지 않았을 때 내가 겪었던 그리운 감정은 지금도 어제 일처럼 지워지지 않는다.

학교 수업이 끝나고 집으로 돌아오는 골목이었다. 길 왼쪽에는 기와집들이 쭈욱 늘어져 있었는데 그 집들은 담이 없이 골목에서 즉시 대문을 열고 안으로 들어갈 수 있는 구조였다. 고개를 옆으로 하고 올려다보면 대문 오른쪽엔 창문이 있었으며 왼쪽에는 위에서 열게끔 만들어진 네모난 시멘트 쓰레기통이 놓여 있었다. 기와집 벽에는 벽돌 열 개쯤 올려놓은 정도의 담이 붙어 있었다.

나는 심심하면 그 담을 올라탔다. 담이 끝나는 지점까지 떨어지지 않고 걸으면 혼자 기분이 좋았다.

집에 가 보았자 엄마가 없던 그 날, 여름 햇볕은 나를 더 힘 빠지게 했고 등에 짊어진 가방이 무겁기만 했다. 낯익은 그 골목까지 왔다. 조금만 가면 우리 집이다. 갑자기 나는 기와집들이 있는 곳에서 걸음을 멈추었다. 그리고 혼자 최면을 걸었다.

'여기서부터 저기까지 이 담을 떨어지지 않고 가면 꼭 엄마가 집에 와 있다.'

나는 담 위로 올라갔다. 겨우 한 발 올릴 만큼의 폭이 좁은 담 위에서 떨어지지 않으려 몸을 옆으로 돌리고 양팔을 벌리며 조심조심 걸어갔다. 그러나 평상시처럼 자주 떨어졌다. 그러면 나는 처음부터 다시 시작했다. 떨어지지 않고 끝까지 걸을 때까지.

대문 앞에서 한 번 더 또렷하게 나에게 최면을 걸었다.

'엄마가 집에 계신다. 엄마가 집에 와 계신다.'

문을 열었다. 아, 엄마가 보였다.

"인숙이 왔냐? 오메…… 저 땀 좀 보소……. 언능 목간하자. 옷 벗어라잉?"

나는 꼭 귀신에 홀린 것 같았다.

숱한 학병들 틈에 끼어
아들이 입영한 지도 여러 달 전

등잔 심지를 돋우며 돋우며
농 속에서 어머니는
아들의 편지를 또 꺼냈다

읽고 다시 읽고
겉봉을 뒤적거려
보고는 다시 보고

아들이 가 있는
구마모도라는 곳이
어머니는 지금
고향보다 더 그리워
밤이면 꿈마다 찾아가 더듬는다   「아들 편지」 노천명

기도

큰아들, 둘째 아들, 셋째 아들에 이어 막내아들을 군대에 보낼 때마다 어머니는 절대로 눈물을 보이지 않으셨다. 부모가 울면 혹시나 자식 군생활에 지장을 줄까봐서……. 훈련이 끝나면 아들이 입고 간 옷이 소포로 돌아왔다. 하지만 그 때는 아무리 울음을 참으려 해도 안 되시는 모양이었다.

큰아들 때는 처신 잘하길 새벽마다 부뚜막에 정화수 떠놓으며 빌고, 몸이 약한 작은아들 때는 몸 성히 잘 지내길 빌고, 착하지만 성질이 나면 곤조를 부리는 셋째 아들 땐 제발 아무 일 없길 빌었으며, 철없는 막내아들은 짠하디 짠해서 얼른 세월이 가버리길 빌었다.

꿈자리가 사납다 싶으면 아들 얼굴 대하듯 보내준 편지를 보고 또 보고, 다시 읽으며 밤잠을 설치셨다.

아들 넷은 무사히 돌아왔다. 하마터면 큰일날 뻔한 일도 여러 번 넘기면서.

한평생을 살아도 말 못하는 게 있습니다
모란이 그 짙은 입술로 다 말하지 않듯
바다가 해일로 속을 다 드러내 보일 때도
해초 그 깊은 곳은 하나도 쏟아 놓지 않듯
사랑의 새벽과 그믐밤에 대해 말 안하는 게 있습니다
한평생을 살았어도 저 혼자 노을 속으로 가지고 가는
아리고 아픈 이야기들 하나씩 있습니다   「사연 도종환

엄마, 미안해

살아온 흔적에서 지우고 싶은 그림 몇 장이 있다. 후회가 되어 지우고 싶은데 아무리 시간이 흘러도 지금 막 현상한 사진처럼 선명하기만 하다. 나에게는 바래지 않아 괴로운 그림들이 있다. 세 가지나.

어머니가 백병원에서 대수술을 받으실 때였다. 가족들은 차례를 정해서 입원한 어머니를 위해 병원을 들락거렸다. 나는 밤에 당번을 맡았다. 첫째 날이었다. 환자인 어머니는 하루 종일 직장일 하느라 피곤할 텐데 불편한 병원 의자에서 자야 하는 딸

이 마음에 걸려 오히려 나에게 더 신경을 썼다.

"여기 올라와 나랑 같이 자자. 둘이 충분히 잘 수 있어."

일인용 환자 침대에서 함께 자자는 어머니의 권유에 나는 무슨 천부당만부당한 소리냐며 극구 사양했다. 그러나 몇 번이고 반복하는 어머니의 재촉을 거절할 수가 없어 나는 안면 몰수하고 침대에 올라가 어머니와 나란히 누워 잠이 들었다.

잠결에 뭔가 웅성거리는 소리가 들렸다. 게슴츠레 눈을 떠보니 날이 밝아 훤한 병실에 흰 가운을 입은 사람들이 아른거렸다. 그리고 누군가의 퉁명스런 말투가 들렸다.

"아가씨, 일어나세요. 아침이에요."

깜짝 놀라 용수철처럼 튀어 일어나 보니 의사와 간호사들이 침대를 빙 둘러 서 있었다. 어머니는 벌써 일어나 앉아 계셨다.

"학교를 그만 두겠다면 알아서 해라. 재수하겠다면 시작해 보고."

그렇게도 믿었던 남동생은 중학교 때부터 뭐가 그리 잘못됐는지 은근히 속을 썩이더니만 대학 때는 다니던 학교를 포기하고 한 몇 달 학원을 들락거리다 그것마저도 그만 두었다. 그렇게 어물쩍 골칫덩어리로 한 해를 보내더니 동생은 또 다시 학원을 다니겠다며 손을 내밀었다.

어머니는 제대로 뒷바라지해주지 못한 오빠들 눈치가 보여,

"이 속창아지 없는 놈아, 인자는 나도 모른다. 이번이 마지막 잉께 니 인생 니가 알아서 혀"

하시며 욕을 바가지로 퍼담아 최후 통첩을 던졌다.

늙은 어머니는 동생을 앞장세우고 학원에 등록시키셨다. 그러나 얼마 후, 다니지 않고 있다는 사실이 들통났다. 혹시나 하여 어머니가 직접 학원을 찾아가 알아본 것이다.

언니, 오빠들 그리고 나는 한마음이 되어 결정을 내렸다. 이것으로 끝내자고. 더 이상의 관심은 오히려 동생을 나쁘게 만들 뿐이라고. 어머니도 우리 뜻에 동의하셨다.

그러나 어머니는 약속을 깨고 없는 호주머니를 털어 가족들 몰래 또 학원비를 주었다. 동생은 여전히 학원비만 타가고 학원은 다니지 않았다. 핏발 선 화살들이 어머니에게 날아갔다.

"엄마가 이제까지 이런 식으로 하니까 저 애가 그런 거야. 다 엄마 탓인 줄 알아요! 우리 때 등록금 한 번 제대로 내준 적 있어? 왜 저 애는 그렇게 끔찍이 감싸냐구?"

홧김에 과거까지 들먹이며 어머니 속을 들쑤셔 놓고 싶은 못된 심보가 발동하더니 그 강도가 점점 높아갔다. 사면초가가 된 어머니는 등을 돌리고 앉아 나의 모든 말에 침묵했다. 그런 모습이 나를 더 화나게 했다. 어렵게 다녔던 학창시절의 아픔들을 나는 조목조목 나열하여 모두 어머니 탓으로 돌렸다.

"엄마가 저지른 일이니까 알아서 처리해. 엄만 절대 우리말 안 듣잖아."

어머니는 긴 한숨 뒤에, 허공을 향해 몇 마디 말을 던졌다.

"그래, 다 내 탓이다만 부모가 자식 잘 되라고 그랬지 못 되라고 그랬것냐? 저놈이 호강에 겨워 그런다. 저 죽일 놈, 느그들은 월사금도 제대로 못 내줬는데…… 열 손가락 깨물어 안 아픈 손가락 있것냐? 다 그 때는 없어서 그랬다……."

나는 조금도 동요되고 싶지 않았는데 갑자기 서러움 같은 것이 밀려왔다. 입술을 깨물고 식탁 의자에 냉정하게 앉아 있었다. 순간, 등을 돌려 나를 쳐다보는 어머니의 눈빛과 마주쳤다. 어머니는 나에게 '제발 한 번만 용서해 달라'며 빌고 계셨다. 어머니의 눈물 젖은 애절한 눈빛. 언제 이렇게 가슴에 꽉 박혔는지 뺄 수가 없다.

풍치가 될 가능성이 높다 하여 두 달 동안 치료를 받으러 치과를 다녔다. 의술의 발달로 예전처럼 통증이 심하지는 않았지만 치료가 끝나고 수녀원에 돌아오면 힘이 빠져 만사가 귀찮아 쉬고만 싶었다.

어머니는 틀니를 하기 위해 모든 치아를 빼야 했다. 그런데도 치과에 다녀와서는 여전히 나와 동생에게 밥을 지어 주셨다. 합

죽이가 된 모습을 우리에게 보이고 싶지 않아 마스크를 쓰시고
서. 나는 그 밥을 꼬박꼬박 목구멍으로 넘겼다.

길을 걷다가도,
차를 타다가도,
무심히 하늘을 보다가도,
생각만 하면 얼굴을 들 수 없는 후회스러운 잘못들.
하느님 앞에서 변명할 수 있을까?
그 때는 내가 제정신이 아니었다고.

이 근처는 버스로 도심지까지 가려면

약 1시간이 걸리는 변두리.

수락산 아랫마을이다.

물 좋고 산 좋은 이곳.

사람도 두터운 인심이다.

그래서 살기 좋은 고장이다.

오늘은 부실부실 비가 오는데.

날은 음산하고 봄인데도 춥다.

그래서 나는 이곳이 좋아 이곳이 좋아.　　「변두리」 천상병

집구경

　서울 성북동에는 으리으리한 집들이 모여 있었다. 그러나 바
로 뒤편 골짜기에는 슬레이트집들이 무질서하게 많았는데 큰오
빠는 그곳에서 그림을 그린답시고 월셋방 한 칸을 얻어 혼자 자
취를 했다.

　집안 식구들은 모두 큰오빠의 성공만을 눈 빠지게 기다리는

처지였으나 정작 당사자인 오빠는 세월아 네월아 하며 사는 느낌이 들었다. 동생들은 차마 말은 못하고 속병만 앓았다.

여름날, 언니랑 나는 신김치는 입에 대지도 않는 오빠 식성을 알기에 금방 담근 배추김치를 작은 항아리에 담아 그곳을 찾아 갔다. 우리는 버스요금을 아끼기 위해 동대문에서부터 두 시간을 넘게 걸었다.

언니는 오빠 눈치를 살피면서 이런저런 푸념 섞인 이야기를 했다. 오빠 꼴을 보아하니 기대를 걸지 않는 게 좋을 것 같았다. 하지만 희망을 접어버린 후의 절망이 주는 두려움을 감당하기 어려워 가족들은 혹시 하는 기대를 잡고 늘어졌다.

어둑어둑 해가 졌다. 오빠는 우리를 데려다 준다고 앞장서 언덕을 내려가다가 뒤돌아보며 말했다.

"인숙아! 우리, 집 구경할래?"

나는 그럴 기분이 아니었지만 오빠 말에 선뜻 싫다고 못하고 풀죽은 듯 말했다.

"무슨 집 구경?"

"넌 모르지? 이 곳은 집들이 굉장해…… 구경만 해도 재미있을 거야."

나는 오빠가 가는 대로 따라만 갔다. 바람이 불면 낙엽이 굴러가듯이. 어떤 큰 대문 앞에 오빠가 서면 나도 섰다. 나무 대문 사이로 집 안을 들여다보니 풀장도 있었고, 몇 번을 뒹굴어도 좋을 넓은 잔디밭이 펼쳐져 있었다. 어느 집 앞에선 우리 낌새를 알아채고 안에서 독살스런 개가 마구 짖어대어 사람이 나올까봐 '걸음아 나 살려라' 하고 내리막길을 달리기도 했다.

오빠 말대로 점점 재미있었다. '세상에는 이렇게 잘 사는 사람들도 있구나' 놀라면서.

가로등이 켜지고 밤이 깊어 가는데 우리는 계속 남의 집을 넘보았다. 문패도 번지수도 없는 어느 집 대문 앞에서 오빠는 가만히 홀린 듯 말했다.

"아마 언젠가는 우리도 이런 집에서 살 거야."

오빠의 그 말이 솔직히 그 때는 씨도 안 맺힌 헛소리로 들렸다.

큰오빠는 예나 지금이나 절망을 절망으로 보지 않으며 살아간다. 그래서 식구들에게 이해보다는 오해를 많이 받았다. 현실과 너무 먼 꿈을 꾸는 사람 같았다. 그러나 오빠의 강한 신념만큼은 모두 인정하고 있다. 그 당시 오빠가 날이 샌 줄도 모르고 그림을 그리는 모습을 나는 여러 번 목격했었다.

192

어머니가 싫을 때

옛말에 '열 길 물 속은 알아도 한 길 사람 속은 모른다' 고 했
다. 연로하신 어머니의 진짜 속마음을 자식들이 알아차리기란
쉬운 게 아니다.

막내동생이 어머니 뵈러 가겠다고 전화를 드리면, 이 더위에
뭐하러 오냐며 극구 말려놓고도 하시는 말씀은 "그것이 온다고
헌 지가 한 달도 넘었다. 다 그런 것이여. 장가가면 지 여자, 지
새끼가 중요허지, 에미가 무슨 소용 있다냐" 라며 서운해하신다.

올해 만나면 작년에 했던, 이제는 잊어버려도 될 성싶은 지난
날 마음에 맺힌 사연들을 마치 연산군 외할머니가 피묻은 치마
저고리 끄집어내듯 장엄하게 되풀이하신다.

부부지간의 사연도 가만히 듣다 보면 잘못된 점은 대부분 아
버지의 탓이 되고 만다.

자식들 흉도 빼놓지 않으신다. 당신은 이날 이때까지 설거지
할 것을 미루고 자 본 적이 없는데 너네 언니는 먹던 그릇도 안
씻고 잔다며 쉬쉬 흉을 보신다.

늘 자식들에게 감사하며 사신다면서도 마음 속에 섭섭함이

쌓이면 심심찮게 남의 자식과 비교를 하신다. 당신은 자식들에게 손찌검 한 번 안 하고 키웠다 장담하실 때는, 언젠가 내 머리 끄덩이를 쥐어틀고 때리던 일이 떠올라 나도 모르게 눈이 세모로 찢어진다.

그래서 휴가차 오랜만에 어머니와 며칠 함께 지내게 되어도 마음처럼 오순도순 보내질 못한다. 당신 생각과 의견에 내가 동의하지 않으면 너는 수녀라 아무 것도 몰라서 그런다며 내 말을 무찔러 버리신다. 나는 애써 듣고 있다가도 심사가 뒤틀리면 팩 한마디 해버리게 된다. 그러면 어머니는 금방 풀이 죽어 다른 일을 하는 척 손을 놀리신다.

이러면 안 된다고 얼마나 다짐했던가. 후회가 되어 가만히 있으면 어머니는 이런저런 이야기를 이어가신다. 아무 일도 없었다는 목소리로.

인생은 언제나 외로움 속의 한 순례자
찬란한 꿈마저 말없이 사라지고
언젠가 떠나리라.

인생은 나뭇잎. 바람이 부는 대로 가네.
잔잔한 바람아 살며시 불어다오
언젠가 떠나리라.

인생은 들의 꽃. 피었다 사라져 가는 것
다시는 되돌아오지 않을 세상을
언젠가 떠나리라.   「순례자의 노래」

해 줌

　큰오빠는 자신의 회사 내부 수리를 하는 동안 번번이 혀를 내
두르며 몸도 마음도 피곤해 했다. 그러면서 자주 되뇌었다. 난
이렇게 수리만 해도 힘이 빠지는데 우리 아버지는 돈 한푼 없이
어떻게 그 많은 집을 지었는지 모르겠다고.
　아버지는 집장사도 하셨다. 그러나 워낙 자본 없이 집을 짓곤

하셨기에 아버지는 아버지대로 녹초가 되시고, 어머니는 어머니대로 인부들 밥 해주느라 고생하셨다. 그렇게 애써 지은 집이 팔리면 돈도 벌지 못하고 그 동안 빌려쓴 사채에 대한 이자를 챙겨주느라 바빴다.

언젠가 오빠는 고향 목포를 찾아가 아버지가 지었던 집들, 아버지가 운영했던 공장터를 돌아보고 왔다. 어떤 집은 지금도 그 자리에 있었다.

아버지의 사업 수단을 어머니는 이렇게 표현하신다.

"참, 재주 뛰어나고 머리 좋은 게 탈이지야……. 책상 하나만 놓고도 장사를 잘 했으니까."

그러나 뛰어난 머리 덕분인지 아버지는 무엇 한 가지를 끈기 있게 못하시고 금방 싫증을 내셨다. 아버지가 무언가 한 우물만 파셨다면 진정 우리는 편히 잘 살 수 있었을 텐데.

지독히 가난했지만 뼈대있는 광산 김씨의 양반집 자손이라는 긍지를 가지고 사셨던 아버지는 예술이라고 하면 무조건 고개를 좌우로 흔드셨다. 그 덕분에 우리는 학교에서 그림을 잘 그려 상을 받아도, 글을 잘 써서 표창을 받아도 아버지의 푸대접을 당연지사로 여기며 자랐다. 이래저래 우리 형제들은 자신들 안에 잠재해 있는 예술의 기질을 자라기 전에 잡초를 뽑아내듯 솎아내야 했다.

어머니는 그 좋아하는 영화 한 편을 마음 편히 구경하지 못했다. 어쩌다 마지못해 허락해 놓고도 다녀오기만 하면 인상을 쓰고 계시는 아버지 얼굴을 대면해야 했으니까 차라리 가지 않는 게 속 편한 일이었다.

하던 사업이 망하여 아버지는 한때 추자도라는 섬에도 들어가 한 일 년 정도 혼자 계셨다고 한다.

"느이 아버지는 안 해도 될 고생을 사서 하는 양반이었다. 허지만 자식들 키우려고 사방천지 돌아다닌 걸 생각하면 마음이 아프고 그렇게 생각날 수 없어."

섬이 고향이었던 아버지는 쉽게 그 곳을 찾았으리라.

언젠가 기회가 되면 아버지의 발자취가 묻어 있는 그 곳의 땅을 밟고 싶다. 밤마다 파도 소리에 실려 구멍 뚫린 아버지의 가슴에 바람처럼 찾아들었을 외로움을 바다를 바라보며 느끼고 싶다.

셋째 오빠의 행동과 모습은 아버지를 보는 것 같다.

머리가 벗겨지고, 빈 속에 막걸리만 마시고,

술만 들어갔다 하면 한 말 또 하고, 한 말 또 하고,

두 눈꺼풀이 푹 꺼지고 자기 몸도 가누지 못하는 것까지……

그러나 식구들이 셋째 오빠를 내치지 못하는 까닭은 아버지의 인정 있고 자상한 성격을 닮았기 때문이다.

생선을 먹을 때마다 나는 아버지가 생각난다. 특히 은비늘 갈치를 먹을 때엔 더욱 아버지의 손길이 그리워진다. 여름이면 적쇠에서 갓 구워낸 기름이 지글거리는 갈치를 아버지는 젓가락으로 일일이 가시를 발라 살점만 내 밥숟가락 위에 얹어 주셨다.

언니는 말한다. 큰오빠와 자기 어릴 적엔 아버지가 겨울이면 손수 장갑을 짜주셨다고. 셋째 오빠 얼레 실도 시간만 있으면 감아주셨던 아버지.

아버지가 우리 곁을 떠나신 지 어언 20여 년. 남은 우리들은 서로 모이면 아버지의 삶을 얘기하면서 그 분을 내리쳤다, 올렸다가, 가슴 쓰리게 아파하면서 이구동성으로 이렇게 아버지를 정의한다.

아버지는 무슨 생각을 하고 사셨을까.

정녕 아버지의 꿈은 무엇이었을까.

자식이어도 알 수 없었던 우리 아버지는 시대를 잘못 타고 태어난 아까운 분이셨다고.

나는 아버지가 내 볼에 뽀뽀를 하거나 얼굴을 비빌 때마다 싫으면서도 좋았던, 까실거리던 촉감을 기억하며 가끔씩 손을 올려 볼을 비벼본다.

간경화증으로 아버지가 시한부 삶을 보낼 무렵, 나는 문 밖에서 언니의 목소리를 들었다.

"아버지, 앉은뱅이여도 좋으니 오 년만 더 사세요."

죽는 날까지 하늘을 우러러
한 점 부끄럼이 없기를,
잎새에 이는 바람에도
나는 괴로워했다.
별을 노래하는 마음으로
모든 죽어 가는 것들을 사랑해야지
그리고 나한테 주어진 길을
걸어가야겠다.

오늘밤에도 별이 바람에 스치운다. 「서시」 윤동주

내 이름, 인숙이

어릴 때는 별별 게 다 문제가 되었다. 나는 '인숙'이라는 내
이름이 흔해서 싫었다. 학년을 마치고 새로운 고학년이 되어 올
라가면 교실에는 나와 이름이 같은 아이가 있었다. 그래서 친구
들이나 선생님들은 성(姓)까지 똑같을 경우에는 우리를 작은 인
숙이, 큰 인숙이로 구별하여 불렀다. 나는 대체로 큰 인숙이로
통했다.

201

우리 동네 큰길에는 여관이 있었는데 나는 '여인숙'이라는 간판을 볼 때마다 '왜, 하필 내 이름이야' 하면서 꼴도 보기 싫어했다. 하지만 지금은 다르다. 비록 세련미는 없지만 다정다감하고 누구나 가까이 다가와 내게 말을 걸 수 있는 이름인 것 같아서 좋다.

어질고, 맑게 살라고 아버지께서 지어주신 내 이름 '인숙'.

얼마 전의 일이다. 한 약국 앞에서 사람을 기다리다가 맞은편 과일 가게 간판을 보고 혼자 빙그레 웃었다. 그 간판에는 '인숙이네 집'이라고 써 있었다. 나는 단골 과일 집을 만난 것처럼 반가웠다. 그리고 어느새 내 발걸음은 그리로 향하고 있었다. 얼굴에 수줍음이 담긴 아줌마에게 나는 사과를 샀다. 사과만큼이나 내 마음도 괜히 불그스름하게 물들어 갔다.

나는 혼자 상상했다. 묻진 않았지만 아마 그 아줌마네 딸 이름이 인숙이었을 거라고. 나는 다시 약국 앞에 서서 그가 올 때까지 내내 '인숙이네 집'이라고 써 있는 간판을 쳐다보았다.

'글라라'라는 내 본명을 쓰게 될 경우 나는 잊지 않고 그 앞에 '인숙'이란 이름을 먼저 쓴다. 아버지께서 지어주신 소중한 이름이기에. 아버지의 바람처럼 어질고 맑은 인숙이 수녀가 되어야 할 텐데…….

주름살 하나 더 늘리고
또 한 해가 지나간다.

자고 나도 밤이 남는
긴긴 그 겨울 밤

깊어진 어둠 속으로
흰 눈발이 내린다. 「한 해를 보내며」 전원범

소원

도시에서 딸 둘에 막내로 태
어나 곱게만 자란 어머니는 수십 리 뱃
길을 따라 섬으로 시집을 갔다. 신부가 탄 배는 심한 파도를 만
나 그만 예단 보따리들을 모두 바다에 던져버려야 했다. 간신히
목숨만 부지하고 시집이라는 곳을 가서 보니 그 집 모양새가 찢
어지게 가난한 흥부네 초가집 같았다.

그날부터 날이면 날마다 어머니의 소원은 빨리 나이가 들어
폭삭 늙어버리는 것이었다. '세월아 어서어서 가거라. 이 풍진

세상살이 끝마치게.'

그러다가 어머니는 큰오빠를 낳았다. 모두들 첫아들 낳았다
고 기뻐했지만 어머니는 한없이 눈물만 나왔다. '이제는 내게
자식이 딸렸으니 도망도 못 가겠구나' 하시며.

그래서인지 어머니는 다른 자식들이 서운케 한 것은 쉽게 넘
어가면서도 유독 큰오빠의 섭섭함은 그냥 지나치지 못하시고
그 아픔을 몇 배로 느끼신다. '내가 너 때문에 그 고달픈 삶을
참고 살았는데' 하는 서운함 때문에.

"나는 우리 어머니 봉이다, 봉……."

농담 섞인 큰오빠의 말이지만 어느 땐 가슴아프게 들린다.

큰오빠의 마음 씀씀이는 대단하다. 어머니가 원하는 것은 하
늘의 별이라도 대령하겠다는 자세다. 지성이면 감천이라 했던
가, 오빠의 효도는 어서 빨리 늙고 싶다는 어머니의 소원을 바
꾸어 놓았다.

하얀 머리를 이고 어머니는 경대 앞에 앉아 입술을 오므렸다
폈다 하면서 진분홍 구치베니를 바르신다. 또 눈을 이쪽저쪽 흘
기면서 검정 연필로 다 빠진 눈썹을 그려 넣으시며 나에게 짝이
맞게 그려졌는지 잘 보라 하신다. 그리곤 어머니의 진짜 소원을
내비치신다.

"야, 이제는 늙은 것이 원통하다."

발맞추어 나가자 앞으로 가자
어깨동무하고 가자 앞으로 가자
우리들은 씩씩한 어린이라네
금수강산 이어받을 새싹이라네

하나, 둘, 셋, 넷, 앞으로 가자
두 주먹을 굳게 쥐고 앞으로 가자
우리들은 용감한 어린이라네
자유대한 길이 빛낼 새싹이라네   「어린이 행진곡」 김한배

다리 밑에서 주워왔지?

한국인이라면 어린 시절에 누구나 한 번쯤 '너는 다리 밑에서
주워왔다'는 협박을 부모 형제들에게 당했으리라. 대한민국의
딸인 나 또한 그냥 넘어가지는 않았을 텐데 별 기억이 없는 걸
보면, 그 공갈 치는 방법이 어수룩하여 거짓이라는 것을 금방
알아차렸나 보다.

그러나 동생은 나와 언니가 '너는 주워온 애'라는 연기를 너
무 세련되게 하는 바람에 그 말을 감쪽같이 믿었고, 그런 동생

205

을 우리가 되레 당황하여 애걸복걸 달랬었다.

  그 날 아버지와 어머니가 안 계신 게 탈이었다. 언니와 나는
초반 작전을 미리 세우면서 그 시기를 점심 때로 정했다.
  "누나! 밥 줘."
  밖에서 실컷 친구들과 놀다 들어온 동생이 소리쳤다.
  우리는 웃음이 나오려는 것을 꾹꾹 참고 눈빛으로 음모의 신
호탄을 보내며 마음을 단단히 굳혔다. 정말 진짜처럼 연극을 해
야 한다고.
  "배고프니?"
  "응, 빨리 밥 줘."
  동생은 차려준 밥상을 받으며 허겁지겁 먹어댔다. 무슨 꼬투
리를 잡아야겠는데 첫마디가 잘 풀리지 않았다. 그러다가 내가
먼저 시작했다.
  "야, 밥 좀 천천히 먹어라…… 꼭 거지처럼 먹네……."
  동생은 별 반응이 없었다. 약간의 침묵이 흐른 후, 언니가 툭
한마디 내던지면서 우리는 본론으로 들어갔다.
  "누구 닮아서 그러겠니?…… 지네 엄마 닮아서 그렇지."
  "지네 엄마 누구?"
  나는 깜짝 놀란 듯 호들갑스런 몸짓으로 언니에게 바짝 다가

가 귓속말로 확인하는 시늉을 했다. 그러나 동생은 태연하게 밥을 먹었다. 언니와 나는 여기서 물러나면 너무 싱겁게 끝날 것 같다는 생각을 동시에 하고 동생 옆에 앉아 함께 밥을 먹으면서 연극을 계속했다. 언니가 눈을 아래로 내리뜨고선 그냥 하는 소리처럼 말을 이었다.

"저 애를 데려오지 말았어야 하는데, 아버지가 우겨가지고설랑…… 숙제 안 하지, 말 안 듣지…… 우리랑 한두 가지가 틀려야지."

언니의 대사는 내가 들어도 이제까지 숨겨온 사실을 폭로하는 긴장감을 주었다. 아닌게아니라 기다리던 동생의 반응이 나타났다. 숟가락을 탁 놓더니 한숨을 쉬고선 고개를 떨구고 가만히 앉아 있었다.

나는 작은 목소리로 언니를 다그쳤다.

"왜 이제 와서 그런 말을 하는 거야. 이 애가 얼마나 놀래겠어?"

나는 언니의 어깨를 살짝 때리는 시늉을 하면서도 동생의 반응을 곁눈으로 흘겨보았다.

처음에는 "누나들이 아무리 그래 봤자 내가 그런 거짓말에 속을 줄 알아?" 하며 소리치던 동생이었지만 점점 주워온 애가 아니라는 자신감이 사라지고 얼굴은 절망과 분함으로 일그러졌다. 동생은 입술을 앙다물더니 급기야는 눈물을 떨어뜨렸다.

그리곤 최후의 다짐처럼 가라앉은 톤으로 기어 들어가듯 말했다.

"나갈 거야…… 내 옷 다 줘."

동생의 얼굴에는 고아라는 슬픔이 가득했다. 이쯤 되고 보니 나는 한편으론 나오는 웃음을 참으려 입술을 깨물면서도 이 일을 어떻게 수습해야 하나 약간 걱정이 되는데 언니는 달랐다.

평소엔 노래도 한 곡 제대로 부르지 못하는 언니였지만 그 때의 연기 실력은 수준급이었다.

"어머머, 얘 좀 봐. 나가려면 나가지 왜 큰소리는 치냐? 너가 챙겨 가지고 가면 되잖아?"

이제 동생은 '설마' 하는 한 가닥의 희망도 사라졌는지 벌떡 일어나 장롱 서랍을 열고 양손으로 옷들을 헤엄치듯 휘저으며 대강 자기 것을 골랐다. 동생은 진짜 엄마를 찾아 나설 기세였다. 나는 안 되겠다 싶어 언니에게 이제 그만 하라고 손짓하며 동생 팔을 붙잡고 달랬다. 이제까지 누나들이 한 말은 다 거짓이다. 너가 어쩌나 보려고 한 번 해본 것인데 바보처럼 그걸 믿느냐며 정답게 나무랐다.

"놔! 말리지 마."

슬픔과 화가 더욱 치민 동생은 처음에는 거세게 반항하였다.

그러다가 통사정을 하는 누나 말을 믿어야 불행의 씨를 털어

버릴 것 같았는지 서서히 수그러졌다.

　아마 그 때 말리지 않고 가만 두었더라면 일곱 살 어린 나이에 동생은 보따리를 싸들고 엄마 찾아 삼천리 길을 떠났으리라.

제사

"엄마, 오늘은 누구 제사야?"

"웅, 아주 먼 친척뻘 되는 어른이신데, 불행하게도 자식 없이 죽었지야. 그러니 누가 챙기겠냐. 아무나 잊지 않고 밥이라도 떠놓아야지…… 엄마가 다 느그들 잘 되라고 하는 것이여."

종갓집은 아니었지만 나는 우리 집에서 제사 지내는 모습을 자주 보며 자랐다. 명절 때는 으레 차례를 지냈다. 아침이면 어머니는 일찍 우리를 깨워 한쪽 방으로 몰아넣었다.

"상차려야 항께 언능 일어나거라잉?…… 더 자고 싶으면 저쪽 방으로 가서 자."

우리는 내복바람으로 눈을 비비며 구석방으로 옮겨가 이불에 엎드려서 설친 잠을 보충했다.

외할머니네 집 마루 오른편 벽에는 작은 네모 상자가 붙어 있었다. 할머니는 가끔 그 안에 밥을 얹어 놓았다.

"할머니, 왜 거기에 밥을 넣어 놔?"

"애기들은 몰라도 된다. 함부로 여기 왔다갔다하면 안 돼."

할머니는 그 앞에 서서 공손히 절을 하시곤, 두 손바닥을 동지죽 새알 만들 때처럼 비벼댔다.

할머니는 상 위에 밥 한 그릇만 놓고도 잘 빌었다.

"우리 손자 길환이 잘 되게 하시고…… 집안에 우환 없게 하시고, 건강 지켜 주시고……."

나는 가만히 뒤에 앉아 할머니의 반복되는 '하시고, 주시고'의 밂을 들었다.

내 소꿉놀이의 대부분은 한상 걸게 상을 차려 먹는 것이었다.

쌀밥에, 빨간 벽돌 갈아 김치 담고, 이것 저것 나뭇잎을 채 썰어 나물을 무쳤다. 그리고 호박꽃을 따다 상 양쪽에 촛불 대용으로 놓았다. 나는 상 앞에 앉아 할머니 시늉을 냈다. 허리를 굽혀 절을 하다, 두 손을 모아 싹싹 빌고, 숟가락을 밥그릇 한가운데에 꽂으면서 "식기 전에 많이 잡수세요. 국도 드시고." 하였다.

나는 묵주기도를 할 때 외할머니를 떠올리며 생각한다. 가만 가만 입술을 달싹거리며 손자들을 위해 빌던 그분처럼 나도 한 알 한알 정성을 담아 기도하는가를.

정말 이상한 일도 있었다. 어느 날 외숙모네 집에 제사가 있었는데 다른 때와는 달리 음식도 엄청 많이 장만하는 것 같았다. 남자, 여자 어른들도 꽤 많이 모였다.

어머니를 비롯한 여자들이 한창 부엌에서 일을 하고 있는데 한 남자 어른이 큰소리로 말했다.

"자, 울 시간이오. 여자들은 어서 안으로 들어가시오."

이 말에 여자 어른들은 하던 일손을 털고 향불이 켜진 방에 들어가서 소리를 냈다. 처음에는 "아이고, 아이고" 하다가 조금 지나니 방바닥을 치며 울기 시작했고 저고리 고름으로 코를 풀어가며 서러워하기도 했다. 어떤 분은 큰소리로 사설을 섞어가며 구슬피 울었다.

"아—이고 아—이고, 시상에 한평생 그렇게 살다 갈라면 이 세상에 뭐하러 왔소. 생전에 호강 한 번 누리지 못하고…… 법 없이도 살 착한 양반, 아이고 대고……."

나는 구석에서 영문도 모르고 훌쩍거렸다.

"자자, 이제 그만 울어도 되것소. 가서 일들 하다가 시간 되면 잊지 맛쇼이?"

그러면 여자들은 울음을 멈추고 다시 부엌으로 가서 하던 일을 계속했다. 나도 눈물을 뚝, 그치고선 부엌을 들락거리며 맛있는 음식을 주워 먹었다.

미사 제대를 준비할 때, 그리고 날마다 미사 참례를 할 때 나는 가끔 어머니와 친척들을 떠올리며 생각한다. 걸게는 못 차려도 목욕재계하는 마음으로 제삿상을 차리던 그분들처럼 나는 정갈한 마음으로 미사 제대를 준비하고 참례하는가를.

조용하다

빈 집 같다

강아지 밥도 챙겨 먹이고

바람이 떨군

빨래도 개켜 놓아 두고

내가 할 일이 또 뭐가 있나

엄마가 아플 때

나는 철드는 아이가 된다

철든 만큼 기운 없는

아이가 된다.   「엄마가 아플 때」 정두리

자식도 여러 모습

봄이다. 요즘은 꽃가게가 계절 중 가장 화려하고 생기 넘치는
분위기를 맞은 듯싶다. 빨, 주, 노, 초, 파, 남, 보라 빛의 꽃들이

소담한 화분에 앉아 햇살을 받고 있는 게 어찌 그리 예쁜지…….
나도 모르게 걸음을 멈추고선 허리를 구부리고 감상에 젖게 된
다. 그러면서도 나는 왠지 작은 꽃나무들이 안쓰러워 한마디 던
진다.

"너희들 참 고생이 많았구나."

마치 산모가 아이를 낳을 때처럼, 꽃을 피우기까지 겪었을 그
들의 고통이 가슴을 저리게 한다. 사람이든 동물이든 한 송이의
꽃이든지, 결실이 있기까지의 고통이란 모두에게 필연이기에.

색동옷을 입고 세상에 나온 꽃들의 얼굴은 모두들 저마다의
개성을 지니고 있다.

어머니 뱃살에는 여기저기 살결이 터진 흔적이 있다. 지렁이
가 기어가는 것 같은 그 흉터들은 나에게 산고의 아픔이 얼마나
고통스러운가를 눈으로 확인시켜 준다.

어머니는 여섯 자식을 낳으셨는데 그들은 얼굴 생김새, 성격,
마음 씀씀이가 모두 달랐다. 아버지와 어머니가 부부싸움을 할
때 자식들의 반응도 모두 제각각이다. 평상시 술을 드시지 않으
면 말씀이 없으셨던 아버지, 그러나 한 잔의 술이 몸 안에 들어
갔다 하면 사정은 달라졌다. 더군다나 이런 때에 어머니의 잔소
리가 당신 기분을 거슬렀다 싶으시면 아버지는 녹음 테이프를
반복시켜 놓듯 똑같은 이야기를 되풀이하시며 목청을 점점 높

이셨다. 아버지는 화가 나시면 살림살이를 부수셔서 나는 부모님의 싸움이 지겹도록 싫었지만, 어머니와 자식들에게 손을 올리시는 일은 없으셨기에 무섭지는 않았다.

어머니는 부부싸움 얘기도 이제는 웃으시며 들려 주신다.

"참, 자식도 여러 가지더라. 너는 갓난이 적이라 모를 것이다. 느그 오빠들 죄그마할 때, 아버지랑 내가 싸우면 큰오빠는 주먹만한 눈물을 뚝뚝 떨치며 울기만 해야. 그럼 나는, 사내 새끼가 왜 우냐고 막 뭐라 그랬제? 그래도 그저 울기만 해. 엄마가 불쌍하다고 하면서……."

어린 자식의 속깊은 마음이 어머니는 지금도 대견스럽기만 하신가 보았다.

"철환이, 느그 둘째 오빠는 아버지 소맷자락을 잡고 '아부지, 아부지' 하면서 엄마 때리지 말라고 따라 다니면서 말리더구나."

어머니는 곧이어 셋째 오빠의 아주 딴 판의 모습에 열을 올리신다.

"워따워따 그 새끼는, 지 한 대라도 맞을까봐 꼭, 방 구석지에 이렇게 꼼짝 않고 서서 눈치만 실금실금 보고 있어야? 그 꼴이 어쩔 때는 얼마나 얄밉던지…… 싸울 때마다 구석댕이를 찾아가 서 있으면 우습기도 하고…… 워따따 그 새끼, 내 뱃속에서 나온 자식이라도 어쩜 그렇게 틀리던지."

어머니는 그 때 셋째 오빠가 서 있던 꼬락서니를 재현해 보여 주신다. 빠끔히 비껴 서서 옆눈질로 상황을 살피는 게 나라도 '참 얄미웠겠다' 싶다.

"울 엄마 불쌍하다"며 울던 큰오빠는 지금도 어머니를 못 잊어 하고, 둘째 오빠는 오늘도 하늘에서 어머니를 파수꾼처럼 지켜보고 있으리. 셋째 오빠는 여전히 자기 몸을 금덩이인 양 애지중지 챙기는데, 하루에 복용하는 약 가지 수만 해도 대여섯 가지는 될 것이다.

요즘, 산을 바라보면 거무튀튀했던 산 전체에 여린 초록 잎들이 뭉클거린다. 겨우내 벌거벗은 몸으로 추위와 고독을 이겨 온 산들이 새 생명을 낳기 위해 살이 터지는 아픔을 겪고 있는 것 같다. 봄엔 산천초목에서 산고의 신음 소리가 들리는 듯하여 나는 현기증이 자주 난다. 사람도 동물도 한 그루의 나무도, 제 몸에서 나온 생명에 대한 사랑은 모두 같으리라.

똑같이 배 아파 낳은 자식, 어머니는 행여 셋째 오빠가 동생인 나에게 흉잡힐까 염려가 되시는지 굳이 말씀 않으셔도 잘 알고 있는 사실을 상기시키신다.

"야야, 불효 자슥이 효자 된다고 석환이, 느그 오래비가 지금은 나한테 딸 노릇꺼정 하고 있어야. 자식들 중에서 지일로 자상헐 것이다."

살다가,

이 세상을 살아가시다가

아무도 인기척 없는

황량한 벌판이거든

바람 가득한 밤이거든

빈 가슴이, 당신의 빈 가슴이 시리시거든

당신의 지친 마음에

찬바람이 일거든

살다가, 살아가시다가 ······   「미처 하지 못한 말」 김용택

상처

큰오빠!

수녀원 정원에는 산수유와 목련꽃이 피었는데 오늘은 갑자기 눈발이 날리고 있어요. 그래도 봄은 서서히 깊어져 머지않아 수많은 꽃들이 시샘이나 하듯 저마다 활짝 필 거예요.

오빠!

어제 오빠와 긴 통화를 했지만 꼭 나누고 싶은 얘기가 있어서 이렇게 몇 자 적습니다. 전 오빠의 아픔을 듣고 아이로니컬하게

도 많은 위로를 받았답니다. '나만 상처가 있는 게 아니라 오빠도 있구나' 하는 사실이 절 위로해 준 것입니다.

하지만, 오빠! 지난날의 아팠던 상처들이 지금은 진주가 되어 제 가슴에 남아 있습니다. 그리고 아직 아물지 못한 상처들과 앞으로 살아가면서 겪을 아픔들도 이제는 거부하지 않고 가슴으로 품을 겁니다. 파도가 스칠 때 자기 몸 속으로 들어온 모래알들을 뱉어내지 않고, 그 이물질이 주는 쓰라림을 온몸으로 견뎌 내는 조개만이 진주를 품을 수 있으니까요.

오빠, 오늘은 저도 고백할게요.

오빠는 모르시겠지만, 저는 바다를 그리 좋아하지 않아요. 그래서 혹, 바다를 찾더라도 그저 멀찌감치 떨어져 바라보거나 모래사장을 걸어요. '나는 왜 바다를 보면 겁이 날까.'

그러니까 제가 초등학교 입학하기 전, 바닷가의 아버지 고향에 잠깐 들어가 살던 때였나 봐요. 겨울날이었어요.

눈발이 날리던 그 날 나는 친구들과 함께 뱃머리에 매어 놓은 작은 나룻배 안에 들어가 놀았어요. 늘 거기가 우리들의 놀이공간이었는지 잘 모르겠으나, 아무튼 일이 터지려고 그 날 우리는 나룻배 안에 쭈그리고 앉아 놀다 누가 먼저라 할 것 없이 배 안에서 콩콩 뛰기 시작했어요. 몸이 올라갈 때마다 우리는 재미가 있어 깔깔대며 힘껏 뛰었어요. 눈발이 시야를 가려 앞에 있는 친구들의 얼굴이 잘 보이지 않았지만 서로서로 하늘 가까이 올라갔다 내려갔다 하는 것이 좋기만 했어요. 우리가 뛸 때마다 나룻배가 점점 기우뚱거리는 것을 위험하다고 느끼지도 못하고 말이에요. 그건 순간이었어요. 배가 뒤집히고 우리는 바닷물 속에 있었어요. 그런데 신기하게도 널뛰기를 누가 먼저 하자고 한 것이 아닌 것처럼, 누군가가 우리에게 나룻배 가장자리를 꼭 잡으라고 한 것도 아닌데 우리 모두는 뒤집힌 배 모서리를 잡고 있었어요. 우리를 향해 고래고래 악을 쓰는 어른들 목소리가 들렸어요.

"배에서 절대 손을 놓지 말아라잉! 손을 놓으믄 늬기들은 다 죽웅께, 무조건 꼭 잡고 있어야 된다잉……."

그러나 나는 아무 생각이 없었어요. 죽는다는 게 뭘 의미하는지를 몰랐으니까요. 다만, 내가 이 배를 꼭 잡고 있으면 저 어른들이 우리를 물에서 끄집어내 줄 거라고만 믿었어요. 조금 있으니까 배가 움직이더니 조금씩 사람 소리가 나는 곳 가까이로 떠밀려갔어요. 물 속에서 나오니 사람들이 우르르 달려왔어요. 제일 먼저 나에게 다가온 분은 어머니였어요. 그런데 어머니는 나를 덥석 한 번 껴안더니만, 가슴에서 떼더니 느닷없이 내 어깻죽지를 내리쳤어요. 나는 아픔을 느끼면서도 고개를 떨구곤, 다른 생각 때문에 슬퍼졌어요. 그것은 내가 신은 털장화가 바닷물에 절어 고물짜, 헌장화가 되어 버렸기 때문이었어요. 나는 그게 억울하고 슬펐던 거예요. 발을 움직일 때마다 장화 속에 든 짠물이 밖으로 삐져 나와 흘러내렸죠.

'치, 이게 뭐야. 물에 빠지지만 않았으면…….'

그 후, 세월은 아무 일도 없었다는 듯 지나갔어요. 그런데 참으로 예기치 못한 일이 제 마음 안에서 일어난 거예요. 다 큰 처녀가 되어, 그것도 글쎄 모든 것을 사랑으로 살고 봉사하는 삶을 찾아 나선 수녀원 안에서 말이에요.

'어머니는 왜 그 때 나를 때렸을까. 죽을 뻔하다 살아난 어린 자식을 보자마자 그렇게 때릴 수가 있어? 그래, 그랬을 거야. 어머니는 나보다 언니를 좋아했어. 그 때도 어머니는 나를 미워했어. 그래, 맞아.'

저보다 언니와 더 많은 이야기를 나누고, 언니와 다투면 아버지와는 달리 거의 언니 편을 들어준 어머니의 평상시 태도가 저의 의문에 확신의 꼬리표를 달아 주었어요. 저는 점점 슬픈 우물 속으로 기어 들어갔어요. 어머니에 대한 원망과 미운 마음을 없애려 발버둥쳐도 소용이 없더군요.

미워할 수 없는 사람을 미워하고 있는 제 자신이 두렵기까지 했어요. 아무리 마음을 다그치며 기억 속에서 지우려 해도 어머니에 대한 서운한 감정이 쉽게 지워지지 않더군요.

그 해 여름, 휴가를 맞아 어머니를 뵈었을 때 저는 그 사건을 아주 조심스럽게 여쭤보았죠.

왜냐하면 일 년에 고작 한두 번, 그것도 단 며칠의 만남인데 까마득한 옛 이야기를 새삼 끄집어내 어머니 마음을 아프게 하고 싶지는 않았으니까요. 그런데 어머니는 생전에 못 잊을 사연인 양, 그 날의 사건을 시간이며 날씨까지 잊지 않고 다 기억하고 계셨어요. 저는 참 다행이다 싶으면서도 속으로 뜨끔했었지요.

"그 날 싸래기눈은 히끗히끗 날리제…… 자식은 물에 빠져 죽느냐 사느냐 하는 판인데, 느그 애비라는 사람은 어디를 나갔는지 보이지도 않제…… 그 때 내 애간장 탔던 생각을 허믄…… 난 그 날 너가…… 죽는 줄 알고……."

그러더니 어머니는 그만 말을 잇지 못하고 우시는 거예요. 정말 예기치 못한 상황이었죠.

"느그 애비란 사람을 따라, 이 먼 타관에 와서 자식꺼정 죽이것다 싶응께, 무조건 하늘하고 땅하고 딱 합쳐져서, 어서 나를 데리고 갔으면 싶었다."

나는 마음을 진정시킨 후, 그래도 때를 놓칠세라 가슴 속에 비수처럼 넣고 다닌 궁금증을 말했죠.

"그런데 왜 그렇게 나를 때렸어요? 엄마는 나를 보자마자 때

렸잖아요, 여기를······."

나는 약간의 장난기를 담아 얼굴을 찡그리곤 어깻죽지에 손을 대며 아팠었다는 시늉을 했어요. 지금 생각해 보니 그 날 저의 행동은 흡사, 늙은 고로쇠나무의 수액을 빼먹으려고 나무에 드릴로 구멍을 뚫어 억지로 호수를 집어넣고 있는 사람과 같았어요. 내 말을 듣고 어머니는 참으로 기가 막히다는 표정으로 한참을 우두커니 앉아 계시더군요. 더 이상 저하고는 할 얘기가 없다는 듯. 그러다 가라앉은 목소리로 말씀하셨어요.

"그래······ 넌 에미가 한 자리 때린, 그 기억뿐이 없냐? 부모가 얼마나 놀랬으끄나 하는 마음은 없어? 시상에 늙은 에미한테 지 때렸다고 지금 따지고 달라드니······ 긍께, 너 같은 자식 무슨 소용이 있겠냐."

나는 더욱 서럽게 우시는 어머니에게 당황하며 얼버무렸죠.

"그 그게 아니라······ 뭘 모르고 그런 생각도 할 수 있지 뭐······ 만약 엄마를 원망했다면 지금 내가 물어보겠어요? 괜······히 울고 그러셔?"

나는 양손으로 어머니 목덜미를 감싸 안았어요.

"놔라, 이것 놔. 부모 생각이라곤 눈곱만큼도 할지 모르는 것 같으니······."

그날 밤, 제 손을 몇 번이고 뿌리치시며 울음을 그치지 못하시는 어머니를 따라 저도 덩달아 울면서 어머니 뺨에 한참 동안 얼굴을 비벼댔어요.

그제야 제 마음 안에서 어느 날 갑자기 물 위에 떠올라 저를 괴롭혔던 어린 소녀, 바닷물에 젖어버린 장화를 신고 고개를 떨구고 서 있던, 어린 나를 달래지 않아도 됐어요. 그 앤 이미 나에게서 사라지고 없었으니까요.

오빠!

가족이란 누구보다 서로를 잘 안다고 생각하지만 정말 그 깊은 내막을 읽지 못할 때가 많아요. 장남인 오빠가 가족 안에서 겪는 오해와 서운함을 오빠만큼 동생들이 알겠어요? 가족은 나에게 가장 편한 사람들인 만큼 서로 기대하고 요구하는 것이 많다보니, 크고 작은 아픔들을 주고받게 되는 것 같아요. 그러나 그 상처는 사랑의 아픔이라고 저는 믿어요.

오빠, 지금 밖에는 여전히 눈발이 계속 날리고 있답니다. 그 눈 사이를 뚫고 어디론가 힘겹게 날아가는 한 마리의 새가 눈에 띕니다. 저는 눈발 사이를 이리저리 방황하는 새를 보며 생각해요. 그리고 믿어요. '죽은 새만이 고통이 없듯, 상처 없는 영혼은 이 세상 어디에도 없다' 는 것을. 저는 지금 창밖의 산을 바라보며 머지않아 만개할 꽃들의 축제에 마음이 설렙니다.

다알리아꽃

책꽂이에 꽂혀 있는 책들을 나는 잡히는 대로 방바닥에 팽개쳤다. 장독대 옆구리에 있는 수돗가에서 뭔가를 하시는 어머니에게, 지금 내가 얼마나 화가 나 있는지를 알리는 신호였다.

"오메오메, 저것 좀 봐라…… 그래, 내가 뭐 거짓말했냐? 니 성질이 그럼 좋다고 선생님께 말할까? 난 절대 거짓말은 못해야."

나는 어머니 말에 대꾸하기도 귀찮고 싫었다. 다만 손목이 아프도록 더 세차게 책들을 던졌고 서랍을 열었다 닫았다 하면서 상처입은 자존심을 달랬다.

어머니는 오늘 담임선생님께 묻지도 않은 사실을 먼저 알려드렸다. 새학년이 되어 새로운 담임선생님이 가정방문 오실 때마다 그랬다. 선생님과의 인사가 끝나는 동시에 하는 말씀이 정해져 있었다.

"선상님! 우리 인숙이는 성질이 나빠서 죄송합니다. 말 안 들으면 야단도 치시고 때리기도 하셔요. 선생님은 다 부모 맘이닌깐요."

그러면 선생님은 대부분 의외의 반응을 보이셨다.

"아니에요. 학교에서 인숙이는 모범생입니다. 순하고 말도 없고."

"아이고, 순해요? 집에서는 언니 오빠들에게 대들고…… 말
도 못해요."

나는 이 부분에서 마음이 두 배로 상했다. 담임선생님께 구차
한 우리 집을 보여드린다는 것만 해도 자존심이 상한 일인데 딸
의 마음은 아랑곳하지 않고 혼자 솔직한 척하시는 어머니가 의
붓어미처럼 미웠다.

사실 어머니 말씀이 근거 없는 얘기는 아니었다. 나는 집 안
에서만은 싸납쟁이로 통했으니까. 하지만 내가 밖에서 말썽을
피운다거나 친구들과 싸우는 일이 없다는 것을 뻔히 알면서도
무슨 겸손인 양 자식 잘못된 점만 보여주는 어머니께 나는 분풀
이를 하고자 더욱 세게 책들을 던졌다. 그러면 수돗가에서 되받
아 들려오는 어머니의 목소리.

"으응, 잘 헌다. 책 찢어지면 니 손해지, 내 손해냐?"

그 때 그 장독대 옆 수돗가에는 선명한 홍색에 백색의 테가 둘
러진 다알리아꽃들이 탐스럽게 피었었는데…….

아침이면 세숫대야에 물을 받아 소담하게 핀 다알리아꽃 위
에 물을 뿌리시며 어머니는 오빠들을 야단치셨지.

"개를 좋아하면 똥도 치울 줄 알아야제, 이뻐만 하면 단 줄 알
어? 개똥은 누가 치우냐, 응? 밥도 챙길 줄 모르는 것들이 개는
키운다고 원."

어느 때는 가족 모두에게 한바탕 하셨다. 다알리아 꽃잎들을
손으로 막 휘저으시며,

"오메…… 나는 무슨 복자가리가 이렇게도 많다냐. 없는 반
찬에 몇 번씩 밥상을 차려야 하는지 모르것다……. 일어나라잉
이제 그만 저만 일어나."

하시던 어머니의 말씀.

그 때 어머니의 당당했던 목소리는 지금 기력이 빠져 힘이 없
으시다. 그리고 그 시절, 수돗가에 탐스럽게 핀 다알리아꽃을
지금은 참 보기 어렵다.

혼자 계시는 어머니의 취침시간은 TV 화면에 태극기가 휘날
리고, 동해물과 백두산이 마르고 닳도록으로 이어지는 애국가
가 흘러나오는 때다. 이부자리를 깔고 자리에 누우신 어머니는
자식들 집을 한 바퀴 둘러보신 후 잠이 드신단다.

"노인학교 내 친구, 그 할머니도 나처럼 밤이면 누워서 자식들
집을 돈다더라. 부모닝께 다 마음으로 한 바꾸 도는 것이지야."

어머니는 큰오빠부터 찾아 가신다.

"우리 큰아들한테 가서는, 아이구 너는 나한테 아까운 것 없
이 다 주는디 너는 누가 벌어서 줄 끄나 하고, 막내는 짝지어 줬
응께 지 알아서 살 것이고 하고, 느그 누님은 아들도 좋아지고

두 내외 사네 안 사네 하더니만 지금은 서로 잘 되었응께 더 이상 바랄 것 없지야." 하고 만족해 하시더니 셋째 오빠 생각에 갑자기 풀이 죽으신다.

"근디 우리 석환이는 왜 그렇게 빼빼 야윘을까……."

어머니는 밤마다 나를 만나러 오셔서 무슨 말씀을 하실까. 아마 내 짐작이 99% 맞을 것이다. 현관문을 열어 주는 어느 수녀님을 만나면 옛날 담임선생님께 하시듯 인사가 끝나면 두 손을 잡고 내 흉을 보시리라. 그리곤 나에 대한 신뢰 깊은 말씀도 잊지 않으실 것이다.

"수녀님, 우리 글라라 수녀는 성깔은 있지만 절대 경우에 없는 짓은 안 합니다. 그럼은요, 그럼은요. 남 퍼주기 좋아하고, 친구들이 늘 지 궁둥이를 쫄쫄 따라다녔구먼요."

아, 지금은 어머니가 내 허물을 남에게 얼마든지 보여줘도 괜찮다. 다만, 다만 어머니의 나이를 그 때 그 우리 집 수돗가에 피었던 진홍빛 다알리아꽃처럼 싱싱한 나이로 되돌릴 수만 있다면 얼마나 좋을까.

그러고 보니 어머니께서 수녀원에 사는 나에게, 마치 대통령이 계신 청와대 쇠문 두드리듯 어렵고 송구스런 마음으로 가끔씩 해 주셨던 안부전화가 끊긴 지도 참 오래되었다.

가족

하느님!
저는 오늘
행복합니다

'수녀'지만
맘을 곱게 쓰지 않으면
그 자리에서 저를
'불량하다'고 야단치시는
어머니가 계시니 행복합니다

깊은 신앙심으로
집안의 울타리를 치고 있는
큰오빠가 있으니 행복합니다

두건을 벗고
머리를 잘라 주라 해도
마음 편한
언니가 있으니 행복합니다

누님처럼 제가 행세하면
노루 같은 눈만 끔벅이는
셋째 오빠가 있으니 행복합니다

저를 위해 늘
따뜻한 방을 마련해 놓겠다는
남동생이 있으니 행복합니다

이들은 '수도자'라는 껍질이 아닌
있는 그대로
껍질 속의 '나'를
받아줍니다

모두
하느님께서
저에게 주셨습니다

저는 그래서
내일도
행복합니다